ΠACKT

DIE AFFÄRE BLACKSTONE - BAND 1

RAINE MILLER

Aus dem Englischen von Franziska Popp

Aus dem Englischen von Franziska Popp
~*~
Covergestaltung: Jena Brignola

WIDMUNG

Franziska,
meine liebe Freundin, das ist für dich…

„Wahrheit! Unverstellte, nackte Wahrheit ist meine Lösung."

JOHN CLELAND, 1749

DANKSAGUNGEN

Ich habe das Gefühl, dass ich die Idee, wie es zu dem Buch *Nackt* gekommen ist, mit meinen Lesern teilen sollte. Man weiß nie, was einen motiviert, eine Geschichte zu schreiben, aber für mich kam die Inspiration für *Die Affäre Blackstone* als Überraschung. Während ich mir Bilder angesehen habe, um ein Coverbild für ein anderes Buch zu finden, stolperte ich über das Bild einer nackten Frau, die in einer geschmackvollen Pose abgebildet war – das Bild, das ihr auf dem Cover bewundern könnt. Es hat mich derart in seinen Bann gezogen, dass ich nicht anders konnte, als mich hinzusetzen und die Geschichte zu dem aufzuschreiben. Eine Stunde später hatte ich bereits das erste Kapitel über Brynne, das Model, und wie sie Ethan kennengelernt hat, der gerade das Bild erstanden hatte, auf dem sie nackt zu sehen ist. Zu diesem Zeitpunkt ließ mich die Geschichte bereits nicht mehr los und ich verlor mich darin. Meine anderen Projekte mussten warten, damit ich mich ganz auf das Schreiben dieser Serie konzentrieren konnte. Und ich sehe es als einen Segen an, denn nur weil ich an diesem Tag das Foto gefunden habe, wurde ich dazu getrieben, eine neue aufregende Welt zu kreieren, in der diese besonderen Charaktere leben. Ich liebe es, mir die Leute für meine Bücher auszudenken.

Auch will ich mich bei den Menschen bedanken, die mich immer mit freundlichen Worten, Fragen, Ratschlägen, Enthusiasmus, hier und da einem Schulterklopfen, Händchenhalten, Liebe und guter alter Freundschaft unterstützt haben. Denn ohne diese

Unterstützung könnte ich dieses Buch jetzt nicht mit euch teilen. Deswegen: Ein riesiges Dankeschön an Franzi, Bels, Stacie, Angel, Lisa, Kristy, TJ, Rebecca, Donna, Ai-vy, Mandy, Melina, Rhonda, Lacey, Sherie, Sarah, Carolyn, Kristin, Michelle, Colleen und meine drei Jungs. *Knutscha*

Ich liebe euch alle und respektiere euch noch mehr.

♥ *Raine*

PROLOG

Mai, London

Ich weiß einen Scheißdreck, wenn es um die Politik in den USA geht. Ich muss es nicht wissen. Schließlich bin ich ein britischer Staatsbürger und das Parlament verwirrt mich bereits zur Genüge. Ich habe nicht besonders viel Interesse an Politik. Allerdings bin ich gezwungen, mich mit den Nebenprodukten politischer Geschäfte zu beschäftigen. In meinem Job dreht sich alles um Security. Für Privatleute sowie für die britische Regierung. Ich bin gut in dem, was ich tue. Ich nehme meinen Job ernst. In meinem Berufsfeld musst du gut sein, denn wenn du das nicht bist, sterben Menschen.

US-amerikanischer Kongressabgeordneter stirbt bei Flugzeugabsturz.

Darüber muss natürlich berichtet werden. Aber wenn dieser Abgeordnete auch noch der voraussichtliche Kandidat für den Posten des Vize-Präsidenten der Opposition war und die Wahl in wenigen Monaten vor der Tür stand, dann breitet sich diese Nachricht wie ein Lauffeuer auf der ganzen Welt aus. Vor allem, wenn Leute, die die Macht haben wollen, so ziemlich alles tun würden, um sicherzustellen, dass der Amtsinhaber niemals die Chance auf eine zweite Periode bekommt. Auf der Suche nach einem Ersatz müssen die Republikaner natürlich einen Platzhalter finden. Und so habe ich *sie* entdeckt.

Zuerst habe ich eine E-Mail von ihrem Vater erhalten. Eine Stimme aus der Vergangenheit, die einen freundlichen Gruß in meine Richtung sandte, genauso wie eine Anerkennung für das, was wir beide erreicht haben. So weit, so gut. Meine Vergangenheit ist farbenfroh gewesen, mit guten und schlechten Momenten gespickt, und er war in einer Zeit in mein Leben getreten, die ich als gut definieren würde.

Am nächsten Tag rief er mich an. Während diesem Anruf teilte er mir mit, dass er eine Tochter hat, die in London lebt. Er war um ihre Sicherheit besorgt und gab mir ein paar Einzelheiten, um die Problematik zu erklären. Ich bin höflich gewesen, war mir aber sicher, dass ich mich nicht einbringen müsste. Schließlich bin ich ausgebucht. Im Moment arbeite ich an dem Sicherheitskonzept für die VIPs, die vorhaben, die Olympischen Spiele in London zu besuchen. Dieser Auftrag ist bereits zeitaufreibend genug. Da kann ich mich nicht auch noch um die Tochter eines Bekannten kümmern, den ich vor mehr als sechs Jahren bei einem Pokerturnier kennengelernt habe.

Ich lehnte den Auftrag ab. Wenn er seine

Möglichkeiten richtig ausspielte, wäre ich sogar bereit, ihm um der alten Zeiten willen, eine andere Security-Firma zu empfehlen. Ein guter Pokerspieler weiß, wie er eine schwache Hand zu spielen hat, um sich einen Vorteil zu verschaffen.

In einer zweiten E-Mail schickte er mir ein Foto von ihr.

Dieses Foto veränderte einfach alles. Nachdem ich es gesehen habe, war ich nicht mehr derselbe, und ich wusste, dass ich dieser Mann auch nie wieder sein könnte. Schon gar nicht, nachdem ich sie in dieser einen schicksalshaften Nacht auf der Straße zum ersten Mal traf. Meine ganze Welt hat sich wegen eines Fotos auf den Kopf gestellt. Ein Foto, auf dem mein wunderschönes, amerikanisches Mädchen zu sehen war.

KAPITEL 1

Meine Mutter konnte mich gerade nicht sehen und das war wahrscheinlich auch gut so. Sie würde ausflippen. Ich hatte es zu Bennys Show geschafft, weil ich ihm gesagt hatte, dass ich kommen würde und ich genau wusste, wie wichtig ihm die Sache war. Genau wie mir. Ich wollte nur das Beste für meinen Freund, denn das wollte er auch für mich. In den vergangenen drei Jahren war Benny immer für mich da gewesen. Er hatte mir Trost gespendet, war mit mir einen trinken gegangen und hatte mir an schwierigen Tagen eine Tüte Mitleid überreicht. Hin und wieder half er mir auch dabei, die Miete zu bezahlen, in dem er mir Aufträge verschaffte. Das und die Tatsache, dass er das Foto gemacht hatte, auf das ich gerade starrte, und das meinen nackten Körper zeigte.

Ich hatte nicht vor, hauptberuflich als Aktmodell zu posieren. Allerdings war es eine Möglichkeit, um neben den Zuschüssen durch mein Stipendium extra Geld zu verdienen. Außerdem hatte ich in der letzten Zeit auch Angebote von anderen Fotografen bekommen. Benny hatte gemeint, dass ich mich nach dieser Show auf noch mehr Aufträge einstellen sollte. *Leute werden nach dem Model fragen. Das ist normal, Brynne.* So war mein Benny, immer der Optimist.

Ich nippte an meinem Champagner und studierte das wirklich riesige Bild, das an der Wand der Galerie hing. Mein Bildnis war vergrößert und speziell für diese Ausstellung auf eine Leinwand gedruckt worden. Das Resultat war ein wenig überwältigend. Aber trotzdem wurde deutlich, dass Benny Talent hatte. Als Kind einer Einwandererfamilie aus Somalia, die mit Nichts nach Großbritannien gekommen waren, hatte er dieses Talent später entdeckt und wusste jetzt genau, wie man ein Foto inszenieren musste. Er hatte mich auf meinem Rücken posieren lassen. Mein Kopf lag auf der Seite, ein Arm über meinen Brüsten und die Hand des anderen Arms bedeckte mit gespreizten Fingern meinen Intimbereich. Er hatte meine Haare wie einen Fächer ausgebreitet, meine Beine nach oben ausgestreckt und meine Pussy verdeckt gewollt. Während des Shootings hatte ich einen Tanga getragen, aber jetzt war das Stück Stoff nicht mehr zu sehen. Nichts war zu sehen, was das Bild als pornografisch klassifizieren würde. Der professionelle Ausdruck war *ästhetische Aktfotografie.* Ich wurde geschmackvoll fotografiert oder gar nicht. Ich hoffte zudem jedes Mal, dass meine Bilder nicht auf Pornoseiten landeten. Aber wer konnte das heutzutage noch mit Sicherheit sagen. Pornografische Aufträge nahm ich nicht an. Sex war ja auch so nicht wirklich ein Thema.

„Da ist ja mein Mädchen!" Bennys muskulöse Arme wickelten sich um meine Schultern und er ließ sein Kinn auf meinem Kopf ruhen. „Es ist atemberaubend, habe ich nicht recht? Und es gibt keine Frau auf diesem Planeten, die schönere Füße hat als du."

„Alles, was du machst, sieht gut aus, Ben, sogar meine Füße." Ich drehte mich um und sah ihn an. „Und, hast du bereits etwas verkauft? Lass mich das anders formulieren: Wie *viele* hast du bereits verkauft?"

„Bisher drei, und ich denke, dass das Bild hier bald weg sein wird." Ben zwinkerte. „Verhalte dich unauffällig. Siehst du den hochgewachsenen Kerl im grauen Anzug, schwarze Haare, der gerade mit Carole Andersen spricht? Er hat sich danach erkundigt. Es schien, als wäre er von deinem atemberaubenden, nackten Selbst sehr eingenommen. Sobald er die Leinwand für sich allein hat, wird er sich wahrscheinlich einen von der Palme wedeln. Wie fühlst du dich bei dem Gedanken, Brynne. Irgendein reicher Sack, der sich beim Anblick deiner überirdischen Schönheit seine Banane poliert."

„Sei doch ruhig." Ich rollte meine Augen. „Das ist widerlich. Hör auf, mir so etwas zu erzählen, sonst muss ich aufhören, diese Art von Jobs anzunehmen." Ich neigte meinen Kopf zur Seite und schüttelte diesen. „Ist wirklich dein verdammtes Glück, dass ich dich so lieb habe, Benny Clarkson." Ben konnte die abartigsten Dinge sagen und schaffte es trotzdem, dass sie hochgestochen und kultiviert rüberkamen. Musste an seinem britischen Akzent liegen. Zur Hölle, sogar Ozzy Osbourne klang hin und wieder kultiviert. Und das hatte er einzig und allein diesem Akzent zu verdanken.

„Ich habe aber recht", sagte Ben, bevor er mich auf die Wange küsste, „und das weißt du. Der Typ kann seine Augen nicht von dir nehmen, seit du in den Raum geschwebt bist. Und er ist nicht schwul."

Ich starrte Benny mit offenem Mund an. „Gut zu wissen. Vielen Dank für das Update, Benny. Aber ich schwebe ganz sicher nicht."

Er grinste mich auf seine jungenhafte und schalkhafte Art an. „Glaube mir. Wenn er das wäre, dann hätte ich ihm bereits angeboten, ihm im Hinterzimmer einen zu blasen. Er ist verflucht heiß."

„Du wirst in die Hölle kommen. Das ist dir doch klar, oder?" Ich sah unauffällig rüber, um einen Blick auf den Käufer zu werfen. Benny hatte recht, was ihn anging. Von den Sohlen seiner Ferragamos bis zu den Spitzen seiner dunklen, welligen Haare strömte er Hitze aus. Er war um die einsneunzig groß, war muskulös und selbstsicher. Und man sah ihm an, dass er Geld hatte. Seine Augen konnte ich nicht beurteilen, weil er gerade mit der Galeriebesitzerin sprach. Vielleicht über mein Bild? Schwer zu sagen, aber das spielte auch keine Rolle. Auch wenn er es kaufen sollte, würde ich ihn trotzdem nie wiedersehen.

„Ich habe recht, stimmt's?" Ben sah, wie ich den Mann betrachtete und stieß mich mit dem Ellbogen in die Rippen.

„Bezüglich des Masturbierens? Auf keinen Fall, Benny!" Ich schüttelte langsam meinen Kopf. „Er ist viel zu umwerfend, um für einen Orgasmus auf seine Hand zurückgreifen zu müssen."

Genau in diesem Moment drehte sich dieser wunderschöne Mann um und sah mich an. Seine Augen brannten sich durch den Raum, als hätte er gehört, was ich gerade zu Benny gesagt hatte. Aber das war unmöglich. Oder nicht? Er wandte seinen Blick nicht von mir ab, bis ich schließlich meinen Kopf senken musste. Niemals würde ich mit diesem Level an Intensität klarkommen, oder was auch immer er gerade in meine Richtung schleuderte. Der Drang, die Flucht zu ergreifen, machte sich sofort in mir breit. Sicherheit ging vor.

Ich nahm einen weiteren Schluck meines Champagners und leerte damit das Glas. „Ich muss los. Die Ausstellung war großartig." Ich umarmte meinen Freund. „Und du wirst die Welt im Sturm erobern", teilte ich ihm mit. „In ungefähr fünfzig Jahren."

Benny lachte hinter mir, als ich mich bereits auf dem Weg zur Tür befand. „Ruf mich an, Darling."

Ohne mich umzudrehen, winkte ich ihm zu, und lief dann nach draußen. Für einen Wochentag waren die Straßen in London noch immer recht bevölkert. Die bevorstehenden Olympischen Spiele hatten alle möglichen Menschen in die Stadt gelockt. Es würde eine Ewigkeit dauern, ein Taxi zu finden. Sollte ich den Weg zum nächsten Zugang der U-Bahn wagen? Ich sah auf meine High-Heels, die wirklich toll zu meinem Kleid passten, aber beim Laufen keinen Komfort boten. Und wenn ich die Tube nehmen würde, müsste ich danach trotzdem noch ein paar Blocks laufen, um zu meiner Wohnung zu kommen. Mom würde mir natürlich davon abraten. Allerdings befand sich Mom auch nicht in London. Mom war zu Hause, in San Francisco, wo ich nicht sein wollte. *Scheiß drauf.* Ich lief los.

„Das ist wirklich eine schlechte Idee, Brynne. Riskiere das nicht. Erlaube mir, dich nach Hause zu fahren."

Ich erstarrte. Ich wusste, wer gerade gesprochen hatte, ohne jemals zuvor seine Stimme gehört zu haben. Ich drehte mich langsam um, damit ich in dieselben Augen sehen konnte, die mich in der Galerie durchbohrt hatten.

„Ich kenne Sie doch überhaupt nicht", teilte ich ihm mit.

Er lächelte, und sein Mundwinkel zog sich auf der einen Seite weiter nach oben als auf der anderen, seine Lippen eingerahmt von einem Kinnbart. Er zeigte auf sein Auto, das am Straßenrand stand. Ein glänzender, schwarzer Range Rover HSE. Die Art von Auto, die nur Briten fuhren, die Geld hatten. Nicht, dass er nicht auch schon zuvor nach Geld gestunken hatte. Er spielte eindeutig in einer anderen Liga als ich.

Ich schluckte schwer. Seine Augen waren blau. Sehr hell und tiefgründig. „Trotzdem haben Sie mich mit meinem Vornamen angesprochen u-und jetzt erwarten Sie, dass ich zu Ihnen ins Auto steige? Sind Sie wahnsinnig?"

Er kam auf mich zu und streckte mir seine Hand entgegen. „Ethan Blackstone."

Ich starrte auf seine Hand, so elegant mit dem weißen Aufschlag, eingerahmt von dem grauen Ärmel seines Designerjacketts. „Woher kennen Sie überhaupt meinen Namen?"

„Vor nicht einmal fünfzehn Minuten habe ich von der Anderson Galerie ein Kunstwerk erstanden, das den Namen *Brynne's Repose* trug, und zwar für einen beeindruckenden Preis. Außerdem bin ich mir ziemlich sicher, dass ich mental nicht beeinträchtig bin. Das klingt politisch korrekter als mich wahnsinnig zu nennen, oder?" Er behielt seine Hand ausgestreckt.

Ich legte meine Hand in seine und er umfasste die meine. Oh ja, und wie er das tat. Vielleicht hatte ich aber auch *meinen* Verstand verloren. Schließlich schüttelte ich gerade die Hände von einem Fremden, der ein riesiges Bildnis von mir erworben hatte, auf dem ich vollkommen nackt war. Ethan hatte einen festen Griff. Heiß auch.

Bildete ich mir nur ein, dass er mich ein wenig an sich herangezogen hatte? Vielleicht war ich aber auch die Verrückte, denn meine Füße hatten sich keinen Millimeter vom Fleck bewegt. Allerdings waren mir diese blauen Augen jetzt näher als noch vor wenigen Sekunden und ich konnte sein Eau de Cologne riechen. Ein so verdammt himmlischer Duft, dass es verboten sein sollte, so gut zu riechen und gleichzeitig zur menschlichen Gattung zu gehören.

„Brynne Bennett", sagte ich.

Er ließ meine Hand los. „Und jetzt kennen wir uns", sagte er, als er erst auf mich und dann auf sich selbst zeigte, „Brynne, Ethan." Er verwies mit einem Kopfnicken auf seinen Rover. „Erlaubst du mir jetzt, dich nach Hause zu fahren?"

Ich schluckte schwer. „Wieso ist dir das so wichtig?"

„Weil ich nicht will, dass dir etwas passiert? Weil diese High-Heels an deinen Füßen wirklich bezaubernd aussehen, auch wenn sie sich beim Laufen höllisch anfühlen müssen? Weil es für eine Frau, die mitten in der Nacht allein in der Stadt unterwegs ist, gefährlich ist?" Er ließ seine Augen über meinen Körper schweifen. „Vor allem für eine, die so aussieht wie du." Sein Mundwinkel zog sich auf der einen Seite wieder kaum merklich nach oben. „Es gibt so viele Gründe, Miss Bennett."

„Was ist, wenn ich vor *dir* nicht sicher bin?" Er zog eine Augenbraue hoch. „Noch weiß ich nichts von dir, nicht einmal, ob Ethan Blackstone wirklich dein echter Name ist." *Hat er mir gerade einen von diesen vielsagenden Blicken zugeworfen?*

„Da hast du nicht ganz unrecht. Aber etwas, dem ich Abhilfe schaffen kann." Er schob die Hand in seine

Jackentasche und zog seinen Führerschein hervor, der ihn deutlich als Ethan James Blackstone identifizierte. Er gab mir eine cremefarbene Visitenkarte mit demselben Namen, auf der zudem der Firmenname *Blackstone Security International, Ltd.* eingestanzt war. „Die kannst du behalten." Er grinste mich an. „Mein Job sorgt dafür, dass ich immer beschäftigt bin, Miss Bennett. Für ein Hobby als Serienmörder habe ich nun wirklich keine Zeit, das kann ich dir versichern."

Ich lachte. „Der war gut, Mr. Blackstone." Ich schob die Visitenkarte in meine Handtasche. „Na gut. Ich nehme dein Angebot an." Seine Augenbrauen schossen nach oben und er schenkte mir wieder dieses schiefe Grinsen.

Innerlich zuckte ich zusammen, als mir die Anspielung bei dem Wort *Angebot* in den Sinn kam. Stattdessen konzentrierte ich mich darauf, wie unbequem meine Schuhe tatsächlich werden würden, wenn ich zur Tube laufen müsste und dass es eine gute Idee war, mich von ihm fahren zu lassen.

Er legte seine Hand auf meinen Rücken und führte mich zum Auto. „Und rein mit dir." Ethan half mir ins Auto, lief dann auf die Fahrerseite und rutschte geschmeidig wie ein Panther hinters Lenkrad. Er sah mich an und neigte seinen Kopf zur Seite. „Und wo wohnt Miss Bennett?"

„Nelson Square in Southwark."

Er runzelte die Stirn, aber wandte sich ab, um sich im Verkehr einzureihen. „Du bist Amerikanerin."

Was denn, mochte er etwa keine Amerikaner? „Ich bin hier, weil ich ein Stipendium an der University of London habe. Ich mache meinen Master", setzte ich noch dran, während ich mich fragte, warum ich ihm überhaupt

Informationen über mich gab.

„Und die Sache mit dem Modeln?"

Sobald er die Frage ausgesprochen hatte, verdichtete sich die sexuelle Spannung zwischen uns. Ich hielt kurz inne, bevor ich antwortete. Ich wusste genau, was er machte. Er dachte gerade an das Bild, in dem ich nackt zu sehen war. Und so merkwürdig ich mich dabei auch fühlte, öffnete ich trotzdem meinen Mund, um ihm zu antworten.

„Na ja, i-ich habe für einen Freund posiert. Der Fotograf, Benny Clarkson. Er hat mich gefragt, und es hilft mir dabei, die Rechnungen zu bezahlen, verstehst du?"

„Nicht wirklich; aber ich mag das Kunstwerk von dir wirklich sehr gern, Miss Bennett." Er behielt seine Augen auf die Straße gerichtet.

Ich erstarrte bei dem Kommentar. Wer zur Hölle dachte er eigentlich, wer er war, dass er die Art und Weise verurteilen konnte, wie ich meinen Lebensunterhalt verdiente?

„Also mein eigenes internationales Unternehmen hat niemals den Durchbruch geschafft, nicht so wie das anscheinend bei dir der Fall war, Mr. Blackstone. Ich habe mich dem Modeln zugewandt. Ich finde es doch sehr nett, in einem Bett schlafen zu können und mir keine Parkbank suchen zu müssen. Und die Heizung. Die Winter hier sind nämlich echt zum Kotzen, und keiner bläst einem Zucker in den Arsch!" Sogar ich konnte hören, wie angepisst ich war.

„Nach meiner Erfahrung bekommt man nichts umsonst *geblasen*." Er drehte seinen Kopf in meine Richtung, um mir mit seinen blauen Augen deutlich zu verstehen zu geben, was er meinte.

Die Art und Weise wie er *blasen* gesagt hatte, brachte

mein Blut in Wallungen, und es gab keine Zweifel daran, dass ich eine lebhafte Vorstellungskraft hatte. Ich hatte zwischen den Bettlaken vielleicht nicht viele praktische Erfahrungen sammeln können, aber meine Fantasien ließen mich nie im Stich.

„Dann sind wir uns wenigstens in dieser Sache einig." Ich legte meine Fingerspitzen an meine Stirn und rieb. Das Bild von Ethans Schwanz in Verbindung mit dem Wort *blasen* war im Moment etwas zu viel für meinen Verstand.

„Kopfschmerzen?"

„Ja. Woher weißt du das?"

Wir kamen wegen einer roten Ampel zum Stehen und er nutzte den Moment, um mich anzusehen. Seine Augen wanderten langsam und mit Bedacht von meinem Schoß hoch zu meinem Gesicht. „Nur geraten. Kein Abendessen, nur der Champagner, den du in der Galerie in einem Zug getrunken hast, und jetzt ist es bereits spät und dein Körper protestiert." Wieder zog er eine Augenbraue hoch. „Wie war das?"

Ich schluckte hart; es verlangte mir verzweifelt nach Wasser. *Bingo, Mr. Blackstone. Du hast mich wie ein billiges Comicbuch gelesen. Egal wer du bist, du bist gut.*

„Ich brauche lediglich zwei Aspirin und etwas Wasser. Dann wird es schon gehen."

Er schüttelte seinen Kopf. „Wann hast du das letzte Mal etwas gegessen, Brynne?"

„Jetzt sind wir wieder beim Vornamen, wie ich sehe."

Er sah mich mit einem geduldigen Blick an, aber ich konnte sehen, dass er alles andere als erfreut war.

„Ich hatte ein spätes Frühstück, okay? Ich werde mir etwas machen, wenn ich nach Hause komme." Ich sah aus dem Fenster. Die Ampel musste auf Grün umgeschaltet haben, denn wir bewegten uns wieder. Das einzige Geräusch kam von seinem Körper, da er sich bewegte, als er die Kurven nahm. Es klang zu sexy, um meine Augen noch länger abgewandt zu lassen. Ich wagte einen Blick. Im Profil hatte Ethan eine recht prominente Nase. Allerdings stellte das bei ihm kein Problem dar; er sah trotzdem umwerfend aus.

Er fuhr und ich hatte das Gefühl, dass er mich ignorierte. Ethan schien sich in London gut auszukennen, denn er fragte mich nicht ein einziges Mal nach dem Weg. Ich konnte noch immer seinen Duft wahrnehmen und dieser wirkte sich auf meinen Verstand aus. Ich musste aus diesem Auto raus.

Er gab einen ruppigen Laut von sich und bog dann bei einer Einkaufsmeile ein. „Bleib hier; ich werde nicht lange brauchen." Seine Stimme hatte eine gewisse Schärfe an sich. Sehr viel davon, wenn ich es genau betrachtete. Alles an ihm wies eine gewisse Schärfe auf. Etwas Kommandierendes. Er sagte dir, was zu tun war und du würdest es dir nicht wagen, dem zu widersprechen.

Das warme Auto und die weichen Ledersitze fühlten sich unter dem dünnen Rock, den ich heute Abend trug, sehr angenehm an. Bei einer Sache hatte Ethan recht: Ich wäre auf dem Weg zur Tube wahrscheinlich gestorben. Jetzt saß ich hier in dem Auto eines völlig Fremden, der mich nicht nur nackt gesehen, sondern zudem auch noch dazu gedrängt hatte, dass ich mich von ihm nach Hause fahren lasse. Und weil das nicht bereits schlimm genug war, kam er jetzt auch noch mit einer Plastiktüte und einem grimmigen Gesichtsausdruck zum Auto zurück. Diese gesamte Situation war mehr als merkwürdig.

„Was musstest du noch besorg –"

Er drückte mir eine Wasserflasche in die Hand und öffnete eine Packung Schmerztabletten. Ich nahm zwei, ohne etwas zu sagen, und es war mir egal, dass er mich beobachtete, als ich die Pillen schluckte. Die Flasche war in unter einer Minute leer. Er legte einen Energieriegel auf meinen Oberschenkel.

„Iss den Riegel." Seine Stimme hatte diesen -*Wage-es-dir-ja-nicht-mir-zu-widersprechen*- Unterton. „Bitte", fügte er hinzu.

Ich seufzte und öffnete den Energieriegel, der mit weißer Schokolade überzogen war. Das Knistern der Verpackung füllte die Stille im Auto, als wir nebeneinander saßen. Ich biss ab und kaute langsam. Es schmeckte köstlich. Ich brauchte, was er mir gegeben hatte. Sehr dringend.

„Vielen Dank", flüsterte ich. Ich wurde emotional und das Bedürfnis zu weinen, überwältigte mich plötzlich. Ich versuchte, diesen Drang zu unterdrücken, während ich meinen Kopf gesenkt hielt.

„War mir ein Vergnügen", sagte er sanft. „Jeder braucht die Grundbedürfnisse, Brynne. Essen, Wasser… ein Bett."

Ein Bett. Die sexuelle Spannung war zurück, oder vielleicht hatte sie sich auch nie verabschiedet. Ethan schien das Talent zu haben, die harmlosesten Worte nach heißem, verschwitztem und bewusstseinserweiterndem Sex klingen zu lassen, an den man sich für eine lange, lange Zeit erinnern würde. Er saß neben mir und dachte nicht einmal daran loszufahren, bevor ich nicht den letzten Bissen heruntergeschluckt hatte.

„Wie lautet deine genaue Adresse?", fragte er.

„41 Franklin Crossing."

Ethan fuhr vom Parkplatz und auf die Straße, während er mich mit jeder Umdrehung der Räder näher zu meiner Wohnung brachte. Ich vergrub mich in den weichen Ledersitzen und schloss meine Augen. Mein Handy vibrierte in der Handtasche. Ich holte es heraus und sah, dass es eine Nachricht von Benny war: **Bist gut heimgekommen?**

Ich tippte ein schnelles **Ja**. Dann schloss ich wieder meine Augen. Ich spürte, wie sich meine Kopfschmerzen langsam auflösten. Seit langer Zeit hatte ich endlich wieder das Gefühl, mich entspannen zu können. Ich nahm an, dass die Erschöpfung überhandnahm, denn wenn ich die Wahl gehabt hätte, dann hätte ich mir niemals erlaubt, in Ethan Blackstones Auto einzuschlafen.

KAPITEL 2

Jemand, und dieser Jemand berührte mich im Moment, roch wirklich gut. Ein würziger Duft. Ich konnte das Gewicht einer Hand auf meiner Schulter spüren. Aber die Angst machte sich trotzdem bemerkbar. Wie ein Stromschlag des Terrors, der mich rechtzeitig und begleitet von einem Schrei ins Bewusstsein zurückbrachte. Ich wusste, woran es lag. Trotzdem hatte die Panik die Oberhand. Ich sollte es besser wissen. Schließlich war das ein Gefühl, das seit Jahren ein Teil von mir war.

„Brynne, wach auf."

Diese Stimme. Wer war das? Ich öffnete meine Augen und fand mich der blauen Intensität von Ethan Blackstone gegenüber, dessen Gesicht nur zwanzig Zentimeter von meinem entfernt war. Ich presste mich in den Sitz hinein, um zwischen mir und diesem umwerfenden Gesicht mehr Abstand zu gewinnen. Jetzt erinnerte ich mich. Er hatte heute Abend mein Bild gekauft. Und mich nach Hause gebracht.

„Scheiße! Tut mir leid. Bin i-ich eingeschlafen?" Ich versuchte den Türgriff des Autos zu finden, aber ich fand mich nicht zurecht. Ich suchte verzweifelt nach einem Fluchtweg.

Ethans Hand schoss über mich hinweg, und dann kam sie auf meiner zur Ruhe. Er beruhigte mich mit einer festen Berührung. „Ganz ruhig. Du bist sicher. Alles ist in Ordnung. Du bist einfach nur eingeschlafen."

„Okay… sorry." Ich zwang mich dazu, mehrere Male tief einzuatmen, während ich aus dem Fenster sah, bevor ich wieder seinen Blick fand und feststellte, dass er jede meiner Bewegungen genau beobachtete.

„Warum entschuldigst du dich ständig?"

„Ich weiß es nicht", flüsterte ich. Ich wusste es, aber wollte in diesem Moment nicht an den Grund denken.

„Alles in Ordnung?" Er lächelte mich an, sein Kopf leicht geneigt. Ich könnte schwören, dass er die Tatsache genoss, mich aus der Fassung gebracht zu haben. Ich war mir nicht einmal sicher, ob es mir nicht genauso ging. Ich musste unbedingt aus dieser Situation herauskommen, bevor ich noch etwas zustimmte wie: *Zieh deine Kleidung aus und mach es dir auf der Rückbank des Rovers bequem, Brynne.* Dieser Mann hatte diese kontrollierende Art an sich, die mich wahnsinnig nervös machte.

„Vielen Dank, dass du mich nach Hause gefahren hast. Und das Wasser. Und die anderen Ding –"

„Pass auf dich auf, Brynne Bennett." Er drückte einen Knopf und das Schloss klickte auf. „Hast du deinen Schlüssel griffbereit? Ich werde warten, bis du im Gebäude bist. Welche Etage ist es?"

Ich holte meinen Schlüssel aus der Handtasche und

legte mein Handy rein, das zuvor auf meinem Schoß gelegen hatte. „Ich wohne unterm Dach, in der fünften Etage."

„Mitbewohner?"

„Na ja, schon, aber sie wird nicht da sein." Wieder fragte ich mich, was meine Zunge gelockert hatte, als ich persönliche Informationen mit diesem völlig Fremden teilte.

„Dann werde ich warten, bis das Licht angeht." Ethans Gesichtsausdruck gab nichts preis. Ich hatte keine Ahnung, was er gerade dachte.

Ich drückte die Tür auf und stieg aus. „Gute Nacht, Ethan Blackstone." Ich ließ sein Auto an der Straßenseite zurück und ging die Treppen zur Eingangstür hoch, während ich beim Laufen seine Augen auf mir spürte. Nachdem ich den Schlüssel ins Schloss gesteckt hatte, sah ich über meine Schulter und auf den Rover. Die Fenster waren so dunkel, dass ich nicht hineinsehen konnte, aber er saß drin und wartete darauf, dass ich hineinging, damit er davonfahren könnte.

Ich öffnete die Tür zum Treppenhaus, das mit fünf Etagen auf mich wartete. Ich schlüpfte aus meinen Heels und machte mich barfuß an den Aufstieg. Sobald ich in meine Wohnung trat, machte ich das Licht an und schloss ab. Dann ließ ich mich gegen die Holztür fallen. Meine Schuhe fielen mit einem dumpfen Geräusch zu Boden und ich entließ einen riesigen Seufzer. *Was zur Hölle war gerade passiert?*

Es dauerte eine Minute bis ich mich von der Tür lösen und zum Fenster laufen konnte. Mit einem Finger schob ich den Vorhang beiseite, nur um zu sehen, dass sein Auto bereits verschwunden war. Ethan Blackstone war verschwunden.

EIN Fünf-Kilometer-Lauf war genau, was ich brauchte, um den Nebel von gestern aus meinem Kopf zu lüften. Ein Trip, der einem Fall ins Kaninchenloch glich. Willkommen bei Alice im Wunderland. Ich hatte wirklich das Gefühl, dass ich diese ganze *-Iss Mich-* und *-Trink Mich-* Scheiße durchlebt hatte. Meine Güte, war der Champagner mit Drogen versetzt gewesen? Ich hatte mich jedenfalls so verhalten. Einem fremden Mann zu erlauben, mich in seinem Auto heimzufahren, zu meiner Adresse, während er die Kontrolle über mein Essen hatte? Das war mehr als dämlich, und ich musste diesen Abend und ihn vergessen. Das Leben war kompliziert genug; ich brauchte nicht auch noch diese Art von Problemen.

Das sagte mir auch Tante Marie immer. Mir ihre Reaktion im Hinblick auf mein Modeln vorzustellen, brachte mich zum Lächeln. Ich war mir sicher, dass meine Großtante weniger besorgt war, wenn es um die Aktfotografien ging, als es meine Mutter war. Tante Marie war nicht prüde. Ich stellte meinen iPod so ein, dass er die Lieder zufällig abspielte, bevor ich losrannte.

Das Zusammentreffen von letzter Nacht wurde schnell in Londons Bürgersteig der Waterloo Bridge gestampft. Es fühlte sich gut an, mich an meine körperlichen Grenzen zu bringen. Einfach rennen. Musste an den Endorphinen liegen. Innerlich verfluchte ich mich für diese sexuelle Andeutung, während ich mich fragte, ob das vielleicht mein Problem war, und warum ich Ethan gestern so viel erlaubt hatte. Vielleicht brauchte ich einen

Orgasmus. *Du bist so am Arsch.* Oh ja, und noch während die Bilder durch meinen Kopf jagten, konnte ich mir das im wahrsten Sinne des Wortes vorstellen.

Ich zwang mich dazu, schneller zu laufen und auf den Pfad neben der Themse zu treten. Mein iPod half mir dabei. Musik hatte das Talent, mein Gehirn wieder neu zu starten. Mit Eminem und Rihanna, die gerade das Lügen zugunsten der Liebe in einem Lied ausdiskutierten, hielt ich mein zügiges Tempo bei und bewunderte die Architektur, die ich auf meinem Weg zu Gesicht bekam. Die Geschichte in einer derart historischen Stadt wie London war gewaltig, während sie mit der modernen und geschäftigen Seite im Kontrast stand und eine perfekte Balance bildete. Dualität. Ich liebte es, hier zu wohnen.

DAS Modeln war nicht mein einziger Job. Alle Studenten, die an der University of London den Master of Arts in Restaurierung und Konservierung von Kunst- und Kulturgut machen wollten, mussten in der Rothvale Galerie, die im Winchester House zu finden war, ein Praktikum absolvieren. Bereits seit fünfzig Jahren befand sich die Fachrichtung Kunst im historischen Winchester Anwesen. Meiner Meinung nach waren es wunderschöne Räumlichkeiten, die es sonst nirgendwo zu finden gab, und es war etwas Besonderes, sich dort neues Wissen aneignen zu dürfen.

Als ich den Mitarbeitereingang benutzte, zeigte ich der Security meinen Ausweis, und noch einmal bevor ich in die Konservierungsräume treten konnte.

„Miss Brynne, ich wünsche Ihnen einen schönen

Tag." Rory. So höflich und formell. Die Wache bei den Räumen begrüßte mich auf die gleiche Weise, wenn ich ankam. Ich hatte noch immer die Hoffnung, dass er eines Tages etwas anderes sagen würde. *Haben Sie in letzter Zeit vielleicht einen stinkreichen Kontrollfreak gevögelt, Miss Brynne?*

„Hey, Rory." Ich schenkte ihm mein wirkungsvollstes Lächeln, als er mich durchließ.

Während meiner Arbeit blieb ich konzentriert. Das Gemälde war atemberaubend. Eine Arbeit von Mallerton, die in seinen Anfangsjahren entstanden war, und den Namen *Lady Percival* trug. Eine wahrhaftig einnehmende Frau mit schwarzen Haaren. Sie trug ein blaues Kleid, das zu ihren Augen passte. Mit einem Buch in der Hand und einer Figur, die sich jede Frau wünschen würde, vereinnahmte sie die gesamte Leinwand. Sie war vielleicht eine Schönheit, aber was sie wirklich ausmachte, war ihre ausdrucksstarke Gestalt. Ich wünschte, dass ich ihre Geschichte kennen würde. Das Gemälde hatte einen Brand in den Sechzigern überlebt; war aber seitdem nicht mehr beachtet worden. Lady Percival brauchte eine liebevolle Hand, und ich war die Glückliche, die sie ihr geben würde.

Ich wollte gerade eine Pause machen, als mein Handy anfing zu klingeln. *Unbekannter Anrufer?* Komisch. Ich gab meine Nummer nicht raus, und die Lorenzo Agentur, die mich in meiner Modelkarriere unterstützte, hatte strikte Datenschutzrichtlinien.

„Hallo?"

„Brynne Bennett." Der sexy Rhythmus einer britischen Stimme fuhr durch meinen Körper.

Er war es. Ethan Blackstone. Wie, das wusste ich nicht. Und auch auf das Warum hatte ich keine Antwort.

Aber er war es. Mit dem heißen Akzent am anderen Ende der Leitung. Ich würde diesen kommandierenden Ton überall wiedererkennen.

„Wie bist du an meine Nummer gekommen?"

„Die hast du mir gestern gegeben." Seine Stimme brannte sich durch meine Gehörgänge und ich wusste sofort, dass er log.

„Nein", sagte ich gedehnt, während ich versuchte, die Schläge meines Herzens unter Kontrolle zu bekommen, „ich habe dir meine Nummer letzte Nacht nicht gegeben." Warum hatte er mich angerufen?

„Es wäre möglich, dass ich aus Versehen nach deinem Handy gegriffen habe, als du gedöst hast. Auch wäre es möglich, dass ich meine Nummer damit gewählt habe. Du hast mich abgelenkt, als du dehydriert und hungrig neben mir gesessen hast." Ich hörte gedämpfte Stimmen im Hintergrund. Er könnte in einem Büro sein. „Es kann schnell passieren, dass man das falsche Handy nimmt; schließlich sehen sie alle gleich aus."

„Du hast dir also mein Handy genommen und dich damit angerufen, damit meine Nummer in deinem Anrufprotokoll auftaucht. Das ist ein wenig gruselig, Mr. Blackstone." Langsam wurde ich auf Mr. Groß, Dunkelhaarig und Gutaussehend mit den atemberaubend blauen Augen etwas wütend. Er schien keinen Schimmer zu haben, wie man die persönlichen Grenzen einer anderen Person respektierte.

„Nenn mich bitte Ethan, Brynne. Ich will, dass du mich Ethan nennst."

„Und ich will, dass du meine Privatsphäre respektierst, *Ethan*."

„Ist das so, Brynne? Ich glaube, du bist mir für

gestern wirklich dankbar", sagte er in einem sanfteren Tonfall. „Und du schienst auch dein *Abendessen* sehr zu mögen." Er schwieg für einen Moment. „Du hast dich bei mir bedankt." Mehr Schweigen. „In deinem Zustand hättest du es niemals sicher nach Hause geschafft."

Echt jetzt? Seine Worte erinnerten mich an das überwältigende Gefühl, das ich letzte Nacht durchlebt hatte, als er mir Wasser und Schmerztabletten gegeben hatte. So sehr ich es auch hasste es zuzugeben, aber er hatte recht.

„Okay... hör zu, Ethan. Ich schulde dir etwas für letzte Nacht. Das war nett von dir und ich danke dir für die Hilfe, aber –"

„Dann lass mich dich zum Abendessen ausführen. Ein richtiges Essen. Ich würde es bevorzugen, wenn es ohne Plastik und Verpackung auskäme und nicht in meinem Auto stattfände."

„Oh, nein. Sorry, aber ich denke nicht, dass das eine gute Idee –"

„Du hast gerade gesagt: ‚Ethan, ich schulde dir etwas für letzte Nacht', und das ist es, was ich will. Dass du mit mir zu Abend isst. Heute."

Mein Herz pochte wie wild. *Das kann ich nicht tun.* Er hatte eine merkwürdige Wirkung auf mich. Ich kannte mich gut genug, um zu wissen, dass Ethan Blackstone für ein Mädchen wie mich unsicheres Territorium darstellte. Dem *Großen Weißen Hai verlangt es nach einsamem Schwimmer* - Territorium.

„Heute Abend habe ich bereits etwas vor", platzte es aus mir heraus. Eine Lüge.

„Dann also morgen Abend."

„Da kann ich auch nicht. Ich werde den ganzen

Nachmittag arbeiten und Fotoshootings erschöpfen mich immer –"

„Perfekt. Ich werde dich beim Fotoshooting abholen, dich füttern und dann nach Hause bringen."

„Du unterbrichst mich ständig! Ich kann nicht klar denken, wenn du mit Befehlen um dich wirfst, Ethan. Verhältst du dich immer so oder bin ich etwas Besonderes?" Ich mochte es nicht, wie sich die Unterhaltung so schnell zu seinen Gunsten entwickelte. Es machte mich wahnsinnig. Und auch, dass er mich früh nach Hause bringen wollte, führte dazu, dass ich mir verbotene Dinge vorstellte.

„Ja… und ja, Brynne. Das bist du." Der Sex in seiner Stimme tropfte förmlich aus dem Hörer, und das machte mir Angst. Ich war wirklich ein Idiot, dass ich die Frage auf diese Weise formuliert hatte. *Toll gemacht, Brynne. Ethan sagt, dass du etwas Besonderes bist.*

„Ich muss wieder an die Arbeit." Meine Stimme klang schwach. Das war mir bewusst. Er hatte mich so einfach entwaffnet. Ich versuchte es erneut. „Vielen Dank für das Angebot, Ethan, aber ich kann nicht–"

„– *Nein* zu mir sagen", unterbrach er mich, „und deswegen werde ich dich morgen nach dem Shooting abholen und dich zum Abendessen ausführen. Du hast zugegeben, dass du mir einen Gefallen schuldest, und auf diese Weise fordere ich ihn ein. Das will ich, Brynne."

Der Scheißer hat es wieder getan! Ich seufzte lautstark ins Handy und ließ die Stille auf ihn wirken. So einfach würde ich mich nicht ergeben.

„Bist du noch da, Brynne?"

„Jetzt willst du also, dass ich rede? Du änderst deine Meinung wirklich schnell. Denn jedes Mal unterbrichst du mich, wenn ich spreche. Hat dir deine Mutter kein Benehmen beigebracht, Ethan?"

„Das konnte sie nicht. Meine Mutter ist gestorben, als ich vier Jahre alt war."

Verdammt. „Ahhh, also, das erklärt die Sache. Es tut mir leid. Ethan, hör zu, ich muss wirklich zurück an die Arbeit. Mach's gut." Ich entschied mich für den feigen Ausweg und legte einfach auf.

Ich presste meine Wange gegen die Arbeitsfläche und ruhte für eine Minute, oder vielleicht auch fünf. Ethan hatte mich erschöpft. Ich hatte keine Ahnung, wie er das schaffte, aber das hatte er. Schließlich stand ich auf und ging in die Richtung des Pausenraums. Ich holte mir die größte Tasse, die ich finden konnte, schenkte mir Kaffee ein und fügte Milch und Zucker hinzu. Vielleicht würde eine Koffein- und Kohlehydratinfusion helfen. Oder mich wenigstens in ein Koma verfrachten.

Als ich zu meinem Arbeitsplatz blickte, sah ich die einnehmende Lady Percival, die auf mich wartete, elegant und besänftigend, so wie sie das schon seit einem Jahrhundert vollbrachte. Mit dem Kaffee in der Hand ging ich zu ihr zurück und machte mich daran, den Ruß von dem Buch zu wischen, das sie so liebevoll an ihre Brust drückte.

KAPITEL 3

Bennys wunderschöne, braune Haut sah durch das hellgelbe Shirt, das sich um seinen muskulösen Körper schloss, noch beeindruckender aus. In jedem Aspekt seines Lebens strahlte Benny Selbstvertrauen aus. Er war ein Optimist. Ich wünschte, dass ich mehr wie er sein könnte. Ich gab mein Bestes. Allerdings konnte man ruhigen Gewissens sagen, dass mein bester Versuch zum Himmel stank.

„Dieser Ethan versucht also, dir näherzukommen, huh? Ich hab gesehen, wie er dich beobachtet hat, Brynne. Er hat niemals *aufgehört*, dich anzusehen", murmelte Benny, „nicht, dass ich ihm das verdenke."

Benny war schon immer toll gewesen. Der richtige Freund, wenn man eine Schulter zum Anlehnen brauchte. Allerdings war er neugierig. Ich versuchte bereits den ganzen Abend, die Unterhaltung auf seine Fotografie und die Galerieshow zu lenken, aber immer kam das Thema auf Ethan zurück.

„Na ja, er hat diese Art an sich, immer die Oberhand zu gewinnen und das gefällt mir nicht, Ben." Ich tunkte eine Pommes in das Ranch-Dressing ein, die ich niemals Chips nennen würde, bevor ich sie in meinen Mund warf. „Vielen Dank, dass du dich heute Abend mit mir getroffen hast." Ich aß noch eine Pommes. „Ich habe Ethan gesagt, dass ich Pläne hätte. Das war eine totale Lüge, bis du angerufen hast."

Ben zeigte mit einer Pommes auf mich und grinste. „Deswegen hast du mich also fast durchs Handy angesprungen."

Ich nahm einen Schluck vom Sheppy's Cider, denn irgendwie hatte ich auf den Bürger und die Pommes keine Lust mehr. „Danke für die Einladung, mein Freund." Sogar ich konnte hören, wie langweilig ich mich anhörte.

„Warum willst du denn nicht mit ihm ausgehen? Er ist heiß. Er will dich. Er kann es sich leisten, dir einen schönen Abend zu bieten." Benny nahm meine Hand in seine und presste seine weichen Lippen gegen die Haut. „Du musst dir ein wenig Spaß gönnen, Darling. Oder eine gute Runde Sex. Jeder braucht das hin und wieder. Wie lange ist es bereits her?"

Ich entzog ihm meine Hand und nahm einen erneuten Schluck des Ciders. „Ich werde nicht darüber sprechen, wann ich das letzte Mal Sex hatte, Ben. Grenzen, schon mal davon gehört?"

Er sah mich mit einem geduldigen Ausdruck in den Augen an. „Du brauchst definitiv einen Orgasmus, Darling."

Ich ignorierte seinen Kommentar. „Er ist einfach so – na ja, ich – er ist… Der Mann ist einfach so verflucht überwältigend. Seine Worte, die Dinge, die er tut, die hochgezogene Braue, diese blauen Augen –" Ich zeigte mit meiner Hand, geformt zu einer Waffe, auf meine Schläfe und betätigte den Abzug. „Ich kann nicht klar denken, wenn er mit seinen Befehlen um sich wirft." Ich bemerkte, dass auch Ben seinen Teller von sich geschoben hatte. „Können wir gehen?"

„Jep. Lass uns deine sexuell frustrierte Vagina nach Hause bringen. Vielleicht kannst du dich ja auf ein Date mit deinem Vibrator treffen. Das könnte Wunder bewirken."

Unterm Tisch trat ich Benny gegens Schienbein.

Während der Taxifahrt zu meiner Wohnung dachte ich über die Fahrt in Ethans Auto letzte Nacht nach. Es war offensichtlich gewesen, dass ich mich wohlgefühlt haben musste, denn ich war eingeschlafen. Diese Tatsache hatte mich schockiert. Solche Dinge machte ich sonst nie. Niemals. Bei meiner Vergangenheit war es keine Option, unachtsam vorzugehen. Und die Sache mit dem Einschlafen war in diesem Zusammenhang besonders von Bedeutung. Warum war es mir also bei Ethan passiert? Lag es an seinem Aussehen? Ich hatte eigentlich nur sein Gesicht gesehen, aber auch so wusste ich, dass das ganze Paket stimmte. Warum ich, wenn er doch jede haben könnte, die er wollte?

„Für morgen wurdest du also über die Lorenzo Agentur für ein Fotoshooting gebucht?"

„Richtig." Ich umarmte Benny. „Vielen Dank für die Empfehlung, Ben, und für das Abendessen. Du bist der Beste." Ich küsste ihn auf die Wange. „Vaya con dios, du heißer Kerl."

„Ich liebe es, wenn du Spanisch sprichst, Darling!"

Benny zeigte mit den Händen auf seinen Brustkorb. „Immer her damit! Ich will Ricardo beeindrucken, wenn er das nächste Mal in der Stadt ist."

Mit einem Lächeln auf den Lippen ließ ich Ben im Taxi zurück, nachdem ich ihm eine Kusshand zugeworfen hatte. Ich stieg die Treppen zu meiner kleinen Wohnung nach oben, die ich liebte und verehrte, und in unter fünf Minuten war ich in der Dusche, zehn Minuten später bereits in meinen Pyjamas. Ich hatte gerade meine Zahnbürste in den Behälter gesteckt, als mein Handy anfing zu klingeln. *Mist*. Ethan.

Ich nahm den Anruf an und suchte den Mut zusammen, um zu sprechen. „Ethan…"

„Ich mag es, wenn du meinen Namen sagst, also werde ich dir verzeihen, dass du vorhin einfach aufgelegt hast." Seine bedächtige, elegante, britische Stimmlage legte sich wie ein Schleier über mich, vergrößerte sofort mein Bewusstsein auf seine Männlichkeit und das Versprechen auf Sex.

„Das tut mir auch immer noch leid." Ich wartete auf seine nächsten Worte, aber es kam nichts. Uns war beiden klar, dass ich noch nicht zugestimmt hatte, mit ihm auszugehen.

Schließlich fragte er: „Und, wie war dein Abend?" Ich konnte mir seinen Mund vorstellen, in einer geraden Linie, die nur eine Sache ausdrücken sollte: Dass er genervt war.

„Der war nett. Gut. Ich bin gerade erst heimgekommen… von einem Abendessen."

„Und was hast du dir zum Essen bestellt, Brynne?"

„Warum willst du das wissen, Ethan?"

„Damit ich erfahre, was dich befriedigt." Und er hatte es wieder geschafft! Hatte meine Mauer mit ein paar kleinen Worten zum Bröckeln gebracht und wieder einmal die sexuelle Anspielung mit einfließen lassen. Ich hatte das Gefühl, eine herzlose Schlampe zu sein.

„Ich hatte einen Gemüseburger, Pommes und Sheppy's Cider." Ich fühlte, wie ich mich langsam aber sicher entspannte, woraufhin auch meine Stimme sanfter wurde.

„Vegetarierin?"

„Weit davon entfernt. Ich liebe Fleisch. Also, was ich meine,… ich esse…Fleisch…ständig." Meine Fresse. Der kurze Moment, in dem ich entspannt war, löste sich sofort auf, und schon stolperte ich wieder wie ein Teenager über meine Worte.

Ethan lachte ins Handy. „Also eine gute Fleischauswahl und Cider auf der Karte macht dich bereits glücklich?"

„Hey, ich habe nie gesagt, dass ich mit dir ausgehen werde." Ich schloss meine Augen.

„Aber das wirst du." Seine Stimme löste etwas in mir aus. Sogar ohne ihm gegenüberzustehen, nur mit dem Handy, löste er das Bedürfnis in mir aus, ihm zuzustimmen, nur damit ich ihn wiedersehen und erneut seinen Duft in mich aufnehmen könnte.

Ich stöhnte ins Handy. „Du bringst mich noch um, Ethan."

„Nein", lachte er leise. „Wir habe doch bereits festgestellt, dass ich kein Serienmörder bin, erinnerst du dich?"

„Jedenfalls behauptest du das, Mr. Blackstone. Aber falls du mich doch umbringen solltest, ist dir hoffentlich klar, dass du auf der Liste der Tatverdächtigen ganz oben stehen würdest."

Er lachte und der Klang brachte mich zum Lächeln. „Du hast dich mit deinen Freunden also über mich unterhalten?"

„Vielleicht habe ich ja ein geheimes Tagebuch, dem ich etwas über dich anvertraut habe. Die Polizei wird es finden, wenn sie meine Wohnung nach Hinweisen durchsucht."

„Miss Bennett hat einen Drang zur Dramatik. Hat sie in der Schule Schauspielseminare besucht?"

„Nein. Sie hat einfach nur sehr viele CSI Folgen geschaut."

„Okay, ich verstehe. Fleisch, Cider und der Crime Sender. Eine wirklich nette und vielseitige Mischung, die du da aufweisen kannst... neben den offensichtlichen Dingen." Er sagte den letzten Teil sehr sanft, die Andeutung seiner Worte traf mich genau zwischen den Schenkeln. „Wo hole ich dich also morgen nach deinem Fotoshooting ab?"

„Es ist ein Shooting, das in einem Studio stattfindet. Also lautet die Antwort: Lorenzo Agentur, zehntes Stockwerk im Shires Building."

„Ich werde dich finden, Brynne. Schicke mir eine Nachricht, wenn du fertig bist und ich werde da sein. Gute Nacht." Seine Stimme veränderte sich, wurde abrupter.

Erst als ich ein Klicken und dann das Freizeichen hörte, wurde mir klar, dass er dieses Mal den Anruf beendet hatte. Seine Rache wegen vorhin? Vielleicht. Aber als ich ins Bett ging und mir in der Dunkelheit unsere Unterhaltung durch den Kopf gehen ließ, wurde mir bewusst, dass er schon wieder seinen Willen bekommen hatte. Morgen Abend würde ich mit Ethan ein Date haben, dem ich niemals wirklich zugestimmt hatte.

ICH schickte Ethan eine Nachricht, als Marco einen Blick auf die Fotos warf. Ich hatte bereits einmal mit Marco zusammengearbeitet und ich mochte ihn wirklich gern. Da er aus Mailand kam, liebte er klassische Posen, inspiriert aus den Dreißigern und Vierzigern.

„Du siehst auf den Bildern einfach umwerfend aus, *Bella*", schnurrte Marco in seinem wunderschönen, italienischen Akzent. „Die Kamera liebt dich."

„Es hat Spaß gemacht. Vielen Dank, Marco."

Ich musste mich noch fertigmachen, weshalb ich zur Umkleide ging. Ich versuchte es mit meiner Aufmachung nicht zu übertreiben, aber Ethan war so verdammt attraktiv. Ich war einfach nur… ich. Ich wusste, dass ich eine ansehnliche Figur hatte. Darauf achtete ich, und mein Körper verschaffte mir im Moment meinen Lebensunterhalt, also kümmerte ich mich darum. Bereits in jungen Jahren hatte ich immer viel Aufmerksamkeit von Jungs bekommen. *Zu viel Aufmerksamkeit.* Aber als wunderschön würde ich mich nicht bezeichnen. Meine Haare waren nichts Besonderes. Hellbraun, lang und glatt. Meine Augen waren wahrscheinlich das Einzigartigste an mir. Die Farbe war undefinierbar. Eine Mischung aus braun, grau, blau und grün. Ich hatte nie gewusst, was ich zu Hause als Farbe für meinen Führerschein angeben sollte. Letztendlich hatte ich mich für Braun entschieden.

Ich öffnete meine Tasche und ließ die Robe von meinen Schultern rutschen. Da wir uns dem Sommer näherten, und ich angenommen hatte, dass es nach einem Arbeitstag recht leger zugehen würde, hatte ich mir ein Outfit ausgesucht, dem man die Zeit in einer Sporttasche nicht ansehen würde – eine Leinenhose, ein schwarzes Seidentop ohne Ärmel und schwarze Lederballerinas. Ich schlüpfte in meinen grünen Lieblingscardigan und widmete mich dann dem Rest von mir. Ich kämmte meine Haare und entschied mich für einen Pferdeschwanz, mit einer Strähne meines Haares, die ich um das Zopfgummi wickelte. Mascara und Rouge waren meistens das Einzige, was ich benutzte. Etwas Lipgloss und Parfum und ich war fertig. *Los geht's, Brynne.*

An den Fahrstühlen drückte ich den Knopf und wartete. Ethan hatte nicht gesagt, wo genau wir uns treffen wollten, aber ich dachte, die Lobby klang logisch. Er schien die Stadt wie seine Westentasche zu kennen.

Marco kam auf mich zu und gab mir zum Abschied eine Umarmung. Er war jemand, der seine Gefühle zum Ausdruck bringen musste, und das tat er, in dem er mich umarmte und immer zwei Mal auf die Wange küsste, wie das wohl nur Europäer taten. Deswegen war das für ihn bestimmt auch nichts Außergewöhnliches. Die Amerikanerin in mir war dieser Gewohnheit allerdings recht schnell verfallen. Ich konnte offen zugeben, dass ich von dieser vornehmen Art, die ich in meinem Heimatland kaum zu Gesicht bekam, völlig verzaubert war.

Ich erwiderte die Umarmung und bot ihm meine Wange an. Marco presste seine Lippen an meinen Kiefer, gerade als sich die Fahrstuhltüren öffneten und Ethan mit zusammengekniffenen Augen heraustrat, sein wunderschönes Gesicht vor Wut angespannt.

Ich stolperte aus Marcos Umarmung heraus und fühlte, wie ich von Ethan aufgefangen wurde und dass sich seine Hände regelrecht an meinen Hüften festkrallten. „Hier bist du also, Brynne." Ethan ließ seine Hände nach oben wandern und legte seine Arme um meine Schultern. Dadurch zog er mich von Marco weg und presste meinen Rücken gegen seine Brust. Gegen seine sehr harte und muskulöse Brust. Ich konnte Ethans wütenden Blick auf Marco spüren. Ich wusste, dass ich etwas tun musste, bevor die Situation noch merkwürdiger wurde. „Stell uns vor, Brynne", hauchte Ethan gegen mein Ohr, die Berührung seines Kinnbartes pikste mich am Kiefer und führte dazu, dass meine Knie weich wurden.

„Ethan Blackstone, Marco Carvaletti, mein Fotograf für heute." *Scheiße verdammt!* Hatte meine Stimme gerade wirklich derart schwach geklungen? Dieser Mann stellte ein riesiges Problem für mich dar. Er löste etwas in mir aus, das ich gleichzeitig verstörend und erregend fand; eine verlockende Mischung, die *Gefahr!* schrie.

Ethan streckte seine Hand aus und bot dem hochgewachsenen Italiener mit dem amüsierten Ausdruck im Gesicht eine Begrüßung an. „Wie hat sich mein Mädchen heute geschlagen, Mr. Carvaletti?", sagte Ethan in einem eleganten Tonfall.

Marco ließ nur ein kleines Lächeln aufblitzen. „Brynne erledigt ihren Job zur Perfektion, Mr. Blackstone. Immer." Der Fahrstuhl dingte erneut und Marco streckte seinen Arm aus, um ihn offenzuhalten. „Kommt ihr?", fragte Marco, als er bereits in den Aufzug stieg.

„Später sicher. Wir brauchen noch einen Moment", antwortete Ethan, während er jeweils eine Hand auf meine Oberarme legte und mich in einem festen Griff hielt. *Später sicher?* Ich hatte die Anspielung in seinem Tonfall nicht überhört. Die Vorstellung, wie sich seine wunderschönen, schwarzen Haare zwischen meinen Schenkeln wiederfanden, war mehr, als meine Libido im Moment ertragen konnte.

„Bye, Marco, vielen Dank, dass du mich gebucht hast!", schaffte ich es herauszupressen, während ich meine Hand zum Abschied hob, um ihm zuzuwinken.

„Ich danke dir, *Bella*. Die Fotos sind wie immer umwerfend." Marco küsste zwei seiner Finger und warf mir einen Luftkuss zu, als sich die Türen gerade schlossen. Zurück blieb ich mit Ethan, allein. Noch immer umklammerte er meine Oberarme, und ich spürte die beeindruckende Erektion, die sich gegen meinen Hintern presste. Der Beweis, dass er genau wusste, wie er diesen Körperteil zu benutzen hatte.

„Was machst du denn!", spie ich und befreite mich aus seinem Griff. „Was sollte das mit der ‚Mein Mädchen'-Sache und dem territorialen Benehmen, Ethan?" Ich wandte mich seinem wunderschönen Gesicht zu. Ich konnte hören, wie schwer ich atmete. Und mit jedem Atemzug nahm ich mehr von seinem köstlichen Duft in mich auf.

Er kam auf mich zu, drängte mich im Flur gegen die Wand. Sein mächtiger Körper kerkerte mich ein, als er seinen Mund auf meinen presste. Im Gegensatz zu seinem Kinnbart fühlten sich Ethans Lippen weich an, und seine Zunge war wie Samt und trat sofort in Kontakt mit meiner. Er erkundete meinen Mund, saugte an meiner Unterlippe, vollführte einen Tanz mit meiner Zunge und stieß tief in meinen Mund. Als er seine muskulöse Form härter gegen mich presste, fühlte ich die solide Länge seines Schwanzes an meinem Bauch. Ethan Blackstone übernahm die Kontrolle über meinen Körper und ich erlaubte es ihm.

Ich stöhnte in seinen Kuss und vergrub meine Hände

in seinen Haaren. Ich zog ihn näher an mich heran, meine Nippel richteten sich auf und rieben über die Brustmuskeln, die sich so hart und männlich anfühlten, dass er einfach nicht echt sein konnte. Aber er war echt und er küsste mich leidenschaftlich, während wir im zehnten Stockwerk des Shires Buildings im Flur vor der Lorenzo Agentur standen. Er war hergekommen, um *mich* zu finden.

Er hielt mein Gesicht mit beiden Händen, damit ich mich nicht bewegen konnte, während er mich mit seiner Zunge vereinnahmte. Ich hatte mich für ihn geöffnet und für alles, was er von mir wollte. Meine Reaktion auf Ethan war eine Schwäche. Das war mir bereits von Anfang an bewusst gewesen, auch wenn es zuerst nur eine Vermutung gewesen war. Im Vergleich dazu war die Realität geradezu vernichtend.

Eine Hand entfernte er von meinem Gesicht und ließ sie in meinen Nacken gleiten. Sein Kuss verlangsamte sich. Er knabberte an meinen Lippen, bevor er sich schließlich zurückzog. Stattdessen küsste mich jetzt die kalte Luft, die über meine feuchten Lippen streifte.

„Öffne deine Augen", sagte er mir. Ich hob meinen Kopf und sah, dass Ethans Gesicht nur wenige Zentimeter von meinem entfernt war. Seine blauen Augen glühten vor heißer Lust.

„Ich bin nicht dein Mädchen, Ethan."

„Als wir uns geküsst haben, warst du das, Brynne." Mit funkelten Augen schätzte er mich ab, während er einmal tief einatmete. Ich war mehr als feucht zwischen meinen Beinen und ich fragte mich, ob er dies mit seinem Geruchssinn wahrnehmen konnte. „Du riechst so gut... und so verdammt sexy."

Heilige Mutter Gottes! Sein Daumen rieb über mein Schlüsselbein, während seine Hand noch immer in meinem Nacken ruhte. Ich tat nichts, um ihn zu stoppen. Dafür genoss ich die Aussicht zu sehr. Mit meinen Händen hatte ich seine Haare zerwühlt. Er sah noch immer umwerfend aus und tat das wahrscheinlich auch, wenn er morgens aus dem Bett krabbelte. *Bett.* Würde es in unserer Zukunft ein Bett geben? Ich wusste, dass ich mich nicht anstrengen müsste, um diesen Mann in mein Bett zu bekommen. Ich musste kein Genie sein, um zu verstehen, dass er Sex wollte. Die Frage war nur, ob auch ich das wollte.

„Ethan." Ich versuchte die Mauer aus Stahl, die seinen Körper auszumachen schien, von mir zu schieben, aber es war aussichtslos. „Warum tust du das? Warum verhältst du dich mir gegenüber so besitzergreifend?"

„Keine Ahnung. Ich kann mich nicht von dir fernhalten. Ich habe versucht, dich allein zu lassen, aber es gelingt mir einfach nicht." Er ließ eine Hand über meine Haare gleiten, bis er damit auf der anderen Seite meines Nackens zur Ruhe kam. „Ich will dir nicht fernbleiben." Mit seinen Daumen zeichnete er langsam erregende Kreise auf meine Kehle. „Du willst mich auch, Brynne. Das weiß ich."

„Wie kannst du das wissen?" Die Worte kamen nur geflüstert über meine Lippen.

Er kam mit seinem Mund näher an mich heran und küsste mich sanft. „Ich kann es in deinen Augen sehen und erkenne es an den Reaktionen deines Körpers, wenn ich dich berühre."

Ich konnte mich kaum aufrecht halten, als er mich mit weiteren erschütternden Küssen um den Verstand brachte. Allerdings spielte das keine Rolle, denn ich musste nicht stehen. Er presste mich gegen die Wand, während seine Hüften an meiner Vorderseite klebten. Der Fahrstuhl dingte und er trat zurück. Ich verlor das Gleichgewicht und fiel gegen seine Brust. Er half mir, als ein Pärchen ausstieg und den Korridor entlanglief.

„Wir können nicht... Wir sind in der Öffentlichkeit. Ich tue diese Dinge nicht. Ich kann das hier nicht mit dir tun, nicht auf diese Weis –"

Er bewegte sich blitzschnell, bedeckte meine Lippen mit seinen Fingern, um mich zum Schweigen zu bringen, während er die andere Hand benutzte, um meine anzuheben und einen Kuss auf die empfindliche Haut zu pressen. „Ich weiß", sagte er in einem zärtlichen Tonfall. „Alles ist gut. Gerate nicht in Panik."

Ich konnte ihn nur fasziniert anstarren, als er seine weichen Lippen erneut gegen meinen Handrücken presste. Die Stoppeln, die seinen Mund einrahmten, waren weniger weich, aber fühlten sich jetzt nicht so grob an wie bei unserem Kuss.

Ethan sah mich mit unterdrückter Sehnsucht in den Augen an, bevor er die Hand, die er gerade geküsste hatte, mit einer von seinen umfing. Mit seiner freien Hand schnappte er sich meine Tasche vom Boden und zog mich in den Fahrstuhl. „Zuerst essen wir zu Abend und dann reden wir über die *anderen* Dinge."

Auf eine bestimmte Art und Weise wurde das zur Normalität, wenn ich in Ethans Nähe war. Denn erneut hatte ich akzeptiert, dass er die Kontrolle über die Situation übernommen hatte. Er hatte seine Kontrolle verankert und hatte mich genau, wo er mich haben wollte.

KAPITEL 4

Vauxmoor's Bar & Grill war trendy, aber nicht so laut, dass wir schreien mussten. Wir konnten ein Gespräch führen und uns besser kennenlernen. Am meisten erfreute ich mich sowieso an der Aussicht. Mit dem Steak auf seinem Teller verhielt er sich wie die Definition eines perfekten, englischen Gentlemans. Ein wahnsinnig heißer, englischer Gentleman. Verschwunden waren die Hitze und das Versprechen auf schmutzigen Sex. Den Schalter für diesen Moment hatte er so schnell ausgeschaltet, wie er mich angemacht hatte.

„Wie ist eine Amerikanerin auf einer Universität gelandet, die so weit weg von zu Hause ist?"

Ich pikste in meinem Steaksalat herum und entschied mich dann für einen Schluck meines Ciders. „I-ich hatte nach der Highschool ein paar Probleme. Ich –" Ich schloss für einen Moment meine Augen. „Um ehrlich zu sein, war ich die reinste Katastrophe. Aus verschiedenen Gründen."

Ich atmete tief ein, um die Nervosität zu bekämpfen, die sich immer bemerkbar machte, sobald diese Frage gestellt wurde. Dann antwortete ich: „Aber mit etwas Hilfe, um mich auf das Wesentliche zu konzentrieren, entdeckte ich mein Interesse an der Kunst. Ich bewarb mich hier und aus einem mir unerklärlichen Wunder wurde ich an der University of London angenommen. Und meine Eltern waren so aufgeregt, mich wieder motiviert zu sehen, dass sie mich frohen Herzens losgeschickt haben. Ich habe eine Großtante, die im Stadtbezirk Waltham Forest lebt. Meine Tante Marie. Aber abgesehen von ihr bin ich für mich selbst verantwortlich."

„Aber du bist im Masterprogramm, richtig?" Ethan schien wirklich daran interessiert zu sein, was ich machte, also redete ich weiter.

„Na ja, als ich meinen Bachelor in Kunstgeschichte hatte, entschied ich mich dazu, das weiterbildende Studium in Kunstkonservierung anzugehen. Ich wurde ein zweites Mal akzeptiert." Ich spießte ein Stück Steak mit der Gabel auf.

„Bereust du es? Du wirkst ein wenig melancholisch, wenn du darüber sprichst." Ethans Stimme war zärtlich, wenn er das wollte.

Ich sah auf seinen Mund und dachte daran, wie ich mich gefühlt hatte, als ich gegen ihn gepresst war und er mich gezwungen hatte, seinen Kuss zu akzeptieren.

„Nach London gekommen zu sein?" Ich schüttelte meinen Kopf. „Niemals. Ich liebe es, hier zu leben. Ich wäre wirklich mehr als enttäuscht, wenn ich das Arbeitsvisum nach meinem Abschluss nicht bekommen würde. Ich sehe London als mein Zuhause an."

Er lächelte mich an.

Du bist einfach viel zu umwerfend, Ethan Blackstone.

„Du passt hier rein… sehr gut sogar. So gut, dass ich dich nicht für eine Ausländerin gehalten hätte, bis du den Mund aufgemacht hast. Aber sogar dann, mit dem amerikanischen Näseln und allem drum und dran, fügst du dich perfekt ein."

„Dem Näseln, huh?"

„Es ist ein sehr nettes Näseln, Miss Bennett." Er grinste mich über den Tisch hinweg an, seine blauen Augen funkelten.

„Was ist mit dir? Wie ist Ethan Blackstone zum Geschäftsführer von Blackstone Security International, Ltd. geworden?"

Noch immer in dem schicken dunkelgrauen Anzug, den er auch zur Arbeit getragen haben musste und der wahrscheinlich mehr kostete als meine Miete, nahm er einen Schluck von seinem Bier und leckte über seinen Mundwinkel.

„Was ist deine Geschichte, Ethan? Und im Gegensatz zu meinem Näseln sprichst du gedehnt." Ich schmunzelte ihn an.

Eine sexy Augenbraue schob sich nach oben. „Ich bin der Jüngste von zwei Kindern. Meine Schwester und ich hatten nur unseren Vater, als wir aufgewachsen sind. Er war Taxifahrer in London und hat mich immer mitgenommen, wenn ich keine Schule hatte."

„Das ist auch der Grund, warum du keine Hilfe gebraucht hast, um meine Wohnung zu finden", sagte ich. „Außerdem habe ich von den Prüfungen gehört, die ein Taxifahrer auf allen Straßen in London ablegen muss. Ist unglaublich."

Wieder lächelte er mich an. „Nennt sich *Das Wissen.*

Sehr gut, Miss Bennett. Für eine Amerikanerin bist du mit den kulturellen Fakten rund um Großbritannien auf dem Laufenden."

Ich zuckte mit den Schultern. „Ich habe mal eine Serie darüber gesehen. War eigentlich sogar ziemlich lustig." Als ich bemerkte, dass ich von dem eigentlichen Gesprächsthema abgekommen war, sagte ich: „Tut mir leid, dass ich dich unterbrochen habe. Was hast du nach der Schule gemacht?"

„Ich bin in die Armee. Für sechs Jahre. Dann habe ich das hinter mir gelassen und mit Hilfe von verschiedenen Kontakten, die ich während meinem Dienst gemacht habe, das Unternehmen gegründet." Wieder sah er mich mit einem sehnsüchtigen Blick in den Augen an, ohne den Drang zu verspüren, weiterzureden.

„In welcher Richtung warst du denn tätig?"

„Special Forces, vor allem militärische Aufklärung." Er bot mir keine weiteren Details an; er grinste nur.

„Man kann dich nicht gerade als mitteilsam bezeichnen, Mr. Blackstone."

„Wenn ich dir noch mehr erzählen würde, müsste ich dich umbringen, und damit würde ich mein Versprechen brechen."

„Welches Versprechen?", fragte ich unschuldig.

„Dass ich kein Serienmörder bin", sagte er, bevor er ein Stück seines Steaks in diesen sinnlichen Mund schob und anfing zu kauen.

„Na Gott sei Dank! Schließlich müsste ich die Hoffnung auf ein nettes Abendessen *begraben*, wenn ich mit einem Serienmörder eine Kuh verspeisen würde."

Er schluckte und grinste mich an. „Witzig, Miss Bennett. Du bist ein Scherzkeks."

„Vielen Dank, Mr. Blackstone, ich tue mein Bestes, um diese Voraussetzungen zu erfüllen." Er entwaffnete mich mit seinem Charme, so einfach, dass ich mich wirklich anstrengen musste, um den roten Faden nicht zu verlieren. Ethan konnte eine Unterhaltung ohne Probleme zu seinen Gunsten ausfallen lassen. „Mit was beschäftigt sich dein Unternehmen?"

„Security, vor allem für die britische Regierung aber auch für einige Privatkunden im Ausland. Zurzeit sind wir mit dem Sicherheitsplan für die Olympischen Spiele beschäftigt. Da so viele Leute nach London kommen, ist es eine Herausforderung, vor allem wenn man bedenkt, dass wir in einer Zeit nach dem 11. September leben."

„Kann ich mir vorstellen."

Er zeigte mit dem Messer auf meinen Salat. „Ich führe dich für ein Steak an den besten Ort in Mayfair aus und was machst du?" Er schüttelte ungläubig seinen Kopf. „Du bestellst einen Salat."

Ich lachte. „Es ist Steak drin. Ich kann einfach nicht anders. Ich mag es nicht, vorhersehbar zu handeln."

„Na ja, du leistest einen guten Job im unvorhersehbar sein, Miss Bennett." Er zwinkerte mir zu und nahm einen weiteren Bissen seines Steaks.

„Kann ich dir eine persönliche Fragen stellen, Ethan?"

„Ich habe das Gefühl, dass du das so oder so tun wirst", sagte er trocken.

Ich wollte es wirklich wissen. Die Idee hatte sich bereits vor einigen Tagen in meinem Kopf festgesetzt. „Also, magst du — sammelst du Aktbilder oder so?" Ich senkte meine Augen auf den Teller.

„Nein", antwortete er sofort. „Ich war an dem Abend

in der Anderson Galerie für die Security zuständig. Es waren ein paar wichtige Leute anwesend, und ich bin nur hin, um mich zu zeigen. Schließlich habe ich Angestellte, die den Job übernehmen." Er pausierte. „Aber ich bin froh, dass ich hingegangen bin. Nur deshalb ist mir dein Foto aufgefallen." Seine Stimme klang amüsiert. „Ich wollte es, also habe ich es gekauft."

Ich konnte fühlen, wie mich seine Augen aufforderten, ihn wieder anzusehen. Ich fand seinen Blick.

„Und dann bist du durch die Tür gelaufen, Brynne."

„Oh…"

„Und nur so nebenbei, ich habe gehört, was du und Clarkson gesagt habt – die Sache mit mir und meiner Hand." Er tippte sich ans Ohr. „Das Allerfeinste, wenn es in meinem Job um Sicherheitsausrüstung geht."

Meine Gabel fiel klirrend auf den Teller, und ich hatte das Gefühl, einen halben Meter in die Luft gesprungen zu sein. Er grinste und sah wahnsinnig selbstzufrieden aus, und außerdem viel zu sexy, um mir gegenüber zu sitzen. Ich war so geschockt, dass ich aus der Tür rennen wollte. „Es tut mir so leid, dass du das hör –"

„Muss es dir nicht, Brynne. Ich versuche, nicht auf meine Hand zurückgreifen zu müssen, wenn ich einen Orgasmus will. Vor allem, wenn es andere, weitaus bezauberndere Alternativen gibt."

Seine Finger berührten mein Kinn. Ich fühlte, wie sich mein Körper erhitzte, als ich ihm erlaubte, meinen Kopf anzuheben. *Wow… atme, Brynne. Atme.*

„Wie dich." Er flüsterte den Rest. „Ich will die Realität. Ich will dich unter mit spüren. Ich will mit *dir* zum Höhepunkt kommen." Seine blauen Augen wandten sich niemals von meinen ab. Auch ließ er mein Kinn nicht los.

Er hielt mich fest und wartete auf meine Antwort.

„Warum, Ethan?"

Sein Daumen rieb über meinen Kiefer. „Warum möchte man bestimmte Dinge? So reagiere ich eben auf dich." Er ließ seine lodernden Augen über meinen Körper gleiten. „Komm mit zu mir. Gib dich mir hin. Lass mich dir zeigen, wie es zwischen uns sein könnte."

„Okay." Mein Herz pochte so wild, ich war mir sicher, dass er es hören konnte. Und einfach so stimmte ich einer Sache zu, von der ich wusste, dass sie mein Leben verändern würde. Meins auf jeden Fall.

In dem Moment, in dem das Wort meine Lippen verließ, beobachtete ich, wie Ethan für einen flüchtigen Augenblick seine Augen schloss. Danach war alles nur noch eine Abfolge von Handlungen, die einen Zweck dienten; alles in einem völligen Kontrast zu der Unterhaltung, die wir gerade noch geführt hatten. Innerhalb weniger Minuten bezahlte er unsere Rechnung und führte mich zu seinem Auto hinaus. Ethans entschiedene Berührung an meinem Rücken trieb mich vorwärts, an einen Ort, an dem er mich für sich allein haben konnte. Allein.

ETHAN fuhr uns zu einem beeindruckenden Glasgebäude, das weit über die Skyline von London hinausragte. Es war bereits im letzten Jahrhundert errichtet worden und war eine moderne, aber dennoch elegante Erinnerung an die Zeit vor dem Krieg.

„Guten Abend, Mr. Blackstone." Der uniformierte Portier grüßte Ethan und nickte mir höflich zu.

„Guten Abend, Claude", sagte er geschmeidig. Die Berührung seiner Hand, immer spürbar auf meinem Rücken, schob mich in den offenen Fahrstuhl. Sobald uns die Türen einschlossen, drehte er mich herum und presste seine Lippen auf meine. Es fühlte sich an wie im Shires Building, wie ein Stromschlag der Erregung, der seinen Weg zwischen meine Beine fand. Auch war es mir nun möglich, meinen Begleiter genauer zu begutachten. In der Öffentlichkeit war Ethan der perfekte Gentleman, war reserviert und bewies Zurückhaltung. Aber hinter geschlossenen Türen? Da konnte alles passieren.

Dieses Mal hatte er seine Hände überall. Ich wehrte mich nicht, als er mich in die Ecke drängte. Seine Berührung wärmte mich und setzte mich gleichzeitig in Flammen. Er rieb seine kratzigen Stoppeln meinen Hals hinab und schob seine Hand unter meine Bluse, um meine Brust zu umschließen. Ich keuchte bei dem Gefühl seiner heißen Hände, die meinen Körper erkundeten. Ich wölbte mich ihm entgegen, schob meine Brust in seine Hand. Durch die Spitze hindurch fand er meinen Nippel und zog daran.

„Du bist so heiß, Brynne. Ich sehne mich so verzweifelt nach dir", sprach er gegen meinen Hals, sein Atem ein hauchendes Kribbeln gegen meine empfindliche Haut.

Der Fahrstuhl kam zum Stehen, die Türen öffneten sich und wir fanden uns einem älteren Pärchen gegenüber, die einsteigen wollten. Mit einem Blick lehnten sie eine Fahrt mit uns ab. Ich versuchte, mich von ihm wegzudrücken, Abstand zwischen unseren Körpern zu erzwingen. Zum zweiten Mal am heutigen Tag war ich nach Ethans Ansturm außer Atem – wie eine Hure, in der

Öffentlichkeit und für alle sichtbar.

„Nicht hier, Ethan, bitte."

Seine Hand ließ von meiner Brust ab und kam wieder zum Vorschein. Er legte sie in meinen Nacken. Ich spürte seinen Daumen, wie er kleine Kreise unter meinem Kinn zog, und dann lächelte er mich an.

Ethan sah glücklich aus, als er meine Hand in seine nahm und diese für einen Kuss an seine Lippen hob. Ich liebte es, wenn er das tat.

„Du hast recht, und ich entschuldige mich dafür. Vergibst du mir, Miss Bennett? Es tut mir wirklich leid. Wenn ich bei dir bin, vergesse ich alles um mich herum."

Seine Worte setzten Schmetterlinge in meinem Bauch frei. Ich nickte, denn eine andere Antwort brachte ich gerade nicht fertig, bevor ich flüsterte: „Schon gut." Der Fahrstuhl brachte uns dank seines mechanischen Herzens automatisch näher zu seinem Stockwerk. Ich fragte mich bereits, was er mit mir anstellen würde, sobald er mich in seinem Apartment hatte. Ethan hatte mich vollkommen in seinem Bann und ich war mir sicher, dass ihm das bewusst war.

Der Fahrstuhl kam schließlich im obersten Stockwerk zum Stehen und das sanfte Ruckeln ließ meinen Bauch erneut einen Salto machen, als Ethan seine Hand auf mich legte. Der Mann ging taktisch vor – berührte mich jedes Mal, wenn er damit durchkam.

Er benutzte einen Schlüssel, um die handgeschnitzte Eichentür aufzuschließen. Dann schob er eine Seite der Doppeltüren auf und führte mich in seinen privaten Bereich. Es war eine wunderschöne Wohnung: heller als ich das bei einem Mann erwartet hätte. Der Hauptraum war durch Grau- und Cremetöne definiert, mit viel Holz und Zierleisten sowie dekorativen Elementen, die in einem modernen Raum Akzente setzten.

„Wunderschön. Dein Zuhause ist bezaubernd, Ethan."

Ethan zog sein Anzugsjackett aus und warf es über die Couchlehne. Meine Hand in seine nehmend, führte er mich zu einer Wand aus Fenstern und dem Balkon, der den Blick auf die atemberaubenden Lichter von London freigab.

Er wollte, dass ich ihm in die Augen sah. Also drehte er mich zu sich um, nur um gleich darauf ein paar Schritte nach hinten zu gehen. Für einen Moment sah er mich einfach nur an.

„Aber nichts ist mit dem Anblick vergleichbar, den du mir gerade bietest. Wunderschön, wie du hier in meiner Wohnung vor mir stehst." Er schüttelte seinen Kopf, als könnte er es nicht fassen, dass ich wirklich hier war.

Aus irgendeinem Grund hatte ich das überwältigende Gefühl, weinen zu müssen. Ethan war intensiv. Mein Gehirn schien auszusetzen, als er sich wie ein Raubtier langsam auf mich zu bewegte. Diese Bewegung hatte ich bereits schon einmal gesehen. Er konnte schnell, langsam, hart und behutsam vorgehen – er schaffte es immer, es mühelos aussehen zu lassen.

Mein Puls beschleunigte sich, als er näherkam. Wenige Zentimeter von mir hielt er an und wartete. Ich musste meinen Kopf in den Nacken legen, um ihm in die Augen zu sehen. Er war so viel größer als ich, so dass ich sehen konnte, wie sich sein Brustkorb mit seinen eigenen, schnellen Atemzügen hob und senkte. Zu wissen, dass er von dieser Anziehungskraft genauso beeinflusst wurde wie ich, beruhigte mich.

„Das ist nicht meine Art von Wunderschön. Die Kamera holt das nur aus mir heraus", sagte ich.

Er streckte seine Hände nach meinem grünen Cardigan aus, öffnete die Knöpfe und schob ihn über meine Schultern, bis er mit einem kaum wahrnehmbaren Geräusch auf dem glänzenden Eichenholzfußboden landete.

„Da liegst du falsch, Brynne. Du bist immer wunderschön." Er machte sich an meine schwarze Seidenbluse und zog sie über meinen Kopf. Ich hob meine Arme, um ihm behilflich zu sein.

In meinem schwarzen Spitzen-BH stand ich vor ihm, als er mich mit seinen hungrigen Augen verschlang. Er ließ seine Hände über meine Schultern gleiten und zeichnete mit der Rückseite seiner Finger die Hügel meiner Brüste nach. Die ehrfürchtige Berührung führte dazu, dass ich mich nach mehr von ihm sehnte. Ich konnte nicht länger stillhalten.

„Ethan…" Ich lehnte mich den Berührungen seiner Finger entgegen.

„Was ist, Baby? Sag mir, was du willst." Er neigte meinen Kopf zur Seite und entblößte meinen Hals. Dort küsste er mich. Die Kombination seiner Gesichtsbehaarung und diesen weichen Lippen war elektrisierend. Die befriedigenden Empfindungen stapelten sich höher und höher, bis ich der Begierde vollkommen unterlegen war. Ich konnte nicht länger umkehren. Ich wollte ihn. So verzweifelt.

„Ich will – ich will dich berühren."

Ich ließ meine Hände über sein weißes Hemd und hoch zu der auberginefarbenen Krawatte gleiten. Mit seinen Armen um meine Taille gelegt, beobachtete er, wie ich den seidenen Knoten öffnete. Ich konnte seine Anspannung fühlen – ja, sogar einen möglichen Kontrollverlust! Meine Finger lösten den Knoten, und eine Sekunde später gesellte sich die Krawatte zu meinem grünen Cardigan dazu. Ich fing an, sein Hemd zu öffnen.

Er sog scharf den Atem ein, als ich seine nackte Haut berührte.

„Verdammt, ja. Berühre mich!"

Ich schob sein weißes Hemd über seine Schultern und warf es zu den anderen Sachen auf den Boden. Zum ersten Mal starrte ich seine nackte Brust an. Am liebsten wäre ich vor Glück in Tränen ausgebrochen. Ethans Oberkörper war von Muskeln durchzogen. Er hatte einen Waschbrettbauch, der sich zu dem erotischsten V zog, das ich jemals an einem Mann gesehen hatte.

Ich lehnte mich vor und legte meine Lippen auf seine Brust. Er umfasste meine Wangen mit den Händen und hielt mich an sich gepresst, als hätte er nicht vor, mich jemals wieder loszulassen. Seine Stärke und die Dominanz waren deutlich zu erkennen. Sobald es um Sex ging, hatte Ethan die Kontrolle. Und auch wenn ich es nicht erklären konnte: aber dieses Wissen beruhigte mich. Bei ihm fühlte ich mich sicher.

Er kniete sich hin, seine Hände glitten über meine Hüften und dann über meine Beine. Als er bei meinen Schuhen ankam, zog er mir beide nacheinander von den Füßen, bevor er seine Hände wieder nach oben und zu dem Bund meiner Hose gleiten ließ. Er zog an dem dünnen Band und löste den Knoten, um die Hose nach unten zu ziehen. Er half mir dabei, mein Gleichgewicht beizubehalten. Nachdem ich aus der Leinenhose gestiegen war, platzierte er einen Kuss über dem Bund meines

Höschens. Mein Bauch vollbrachte einen Salto und die Begierde zwischen meinen Beinen war kaum noch zu ertragen. Ethan kam meiner schwarzen Spitze näher und schob seine Finger unter das elastische Band. Er zog an dem Stoff und warf das Höschen beiseite.

Er starrte meine nackte Pussy an, entblößt vor seinen Augen, und ihm entrang ein Laut, der urtümlich und verzweifelt klang. Dann hob er seinen Kopf und fand meinen Blick. „Brynne, du bist so wunderschön. Ich kann nicht – verdammte Scheiße, ich kann nicht mehr warten."

Seine Finger ließ er sanft über meinen Bauch und die Hüften gleiten, bis er mich an seine Lippen zog und diese direkt auf meinen entblößten Venushügel presste. Ich erschauerte bei der intimen Berührung, die mich vereinnahmte, während ich darauf wartete, was er als nächstes tun würde.

Er richtete sich wieder auf und legte meine Hände entschlossen auf seine Hüften. Ich verstand, was er mir damit sagen wollte. Ich machte kurzen Prozess mit seinem Gürtel und öffnete dann seine Hose. Er sah riesig aus. Es war mir nicht möglich, die Beule in seinen Boxershorts zu ignorieren. Er knurrte, als ich seinen von Seide bedeckten Schwanz berührte. Ich beugte mich vor und konzentrierte mich darauf, ihm die Kleidung auszuziehen. Währenddessen öffnete er den Verschluss meines BHs und schob mir die Träger von den Schultern. Jetzt war ich vollkommen nackt.

„Ich werde nicht über Nacht bleiben, Ethan. Versprich mir, dass du mich danach heimbringst."

Er nahm mich in seine Arme und machte sich auf den Weg in sein Schlafzimmer. „Ich will, dass du bei mir bleibst. Einmal wird nicht ausreichen – nicht mit dir." Er trat die Tür mit dem Fuß auf und trug mich ins Zimmer. Sein Gesichtsausdruck wirkte wild und verzweifelt. „Zuerst muss ich dich ficken und dann werde ich langsam machen. Schenke mir die heutige Nacht. Erlaube mir, Liebe mit dir zu machen, wunderschöne Brynne." Mit seinem Gesicht über meinem flüsterte er: „Bitte."

„Aber ich kann nicht über Nacht –"

Sein Mund schluckte meinen Protest, als er mich auf dem weichen Bett ausbreitete und anfing, meinen Körper mit seinen Lippen zu erkunden. Er ließ mich in Flammen aufgehen, bis ich meinen Gedanken von eben nicht länger verfolgen konnte. Ich brach meine Regeln, und ich konnte nichts anderes fühlen als Ethans Zunge, die meinen aufgerichteten Nippel umkreiste. Er knabberte mit seinen Zähnen an mir, bevor er zu sanften Zungenschlägen wechselte, um zu lindern, was er vorher angerichtet hatte.

Der Kontrast zwischen dem Gefühl seiner Kinnbartstoppeln bis hin zu den zärtlichen Berührungen seiner sanften Lippen ließ mich aufblühen. Ich war mir fast sicher, dass ich allein dadurch zu einem Orgasmus kommen könnte. Die Lust, die ich dabei empfand, ließ mich aufschreien und ich wölbte mich ihm entgegen. Meine Beine presste ich fest zusammen, als er sich an meinen Brüsten zu schaffen machte. Unfähig still liegen zu bleiben, krümmte ich mich wie wild unter ihm. Er fühlte sich so gut an, dass ich diese Entscheidung einfach nicht bereuen konnte. Meine Zurückhaltungen wurden bei dem unaussprechlichen Workout, das er meinem Körper verabreichte, in den Hintergrund gedrängt, bevor sie sich schließlich völlig auflösten.

Nackt zu sein, war für mich nicht beängstigend. Durch mein Modeln war ich bereits daran gewohnt und ich wusste, dass Männer meinen Körper ansehnlich fanden. Es war die Intimität, die das Verarbeiten dieser Situation erschwerte. Wenn Ethan also Dinge sagte wie: ‚Erlaube mir, Liebe mit dir zu machen, wunderschöne Brynne', wusste ich, dass ich keine Chance hatte.

„Ethan!", schrie ich seinen Namen heraus, einzig aus dem Grund, um mich zu versichern, dass er bei mir war und ich nicht in einer erotischen Fantasiewelt feststeckte.

„Ich weiß, Baby. Ich werde mich um dich kümmern." Er ließ von meinen Brüsten ab, platzierte die Hände auf die Innenseite meiner Schenkel und öffnete mich. Ich lag entblößt vor ihm, und zum zweiten Mal heute Abend starrte er auf mein Geschlecht. „Mein Gott, du bist wunderschön… Davon brauche ich einfach eine Kostprobe."

Und dann presste er seinen Mund gegen mich. Seine weiche Zunge schnellte über meine Klitoris und meine Schamlippen, bedachte mich mit Zärtlichkeiten. Sein Kinnbart pikste mein empfindliches Fleisch, als ich mich an seinen Lippen und seiner Zunge rieb. Ich würde gleich kommen und es gab keine Möglichkeit, dies aufzuhalten. Es gab keine Möglichkeit, Ethan aufzuhalten. Er nahm sich, was er wollte.

„Ich komme…"

„Das erste von vielen Malen, Baby", ließ er mich wissen, als er es sich zwischen meinen Schenkeln bequem machte.

Er schob zwei Finger in mich hinein und fing an, mich zu bearbeiten. „Du bist eng", entrang es ihm mit heiserer Stimme, „aber sobald mein Schwanz in dir ist, wirst du noch enger sein. Da habe ich doch recht, Brynne, oder nicht?" Er fingerte mich, während er seine Zunge über meine Klitoris schnellte. „Das wirst du, richtig?", fragte er noch einmal – dieses Mal mit mehr Nachdruck.

Ich fühlte die Welle der Befriedigung, als der Orgasmus über mich hereinbrach. „Ja!", schrie ich heraus, denn ich wusste, dass er eine Antwort erwartete.

„Dann komm für mich. Komm für mich, Brynne!"

Und das tat ich. Dieser Orgasmus konnte es mit keinem anderen aus meiner Vergangenheit aufnehmen. Ich konnte nichts anderes tun als zu kommen. Ethan brachte mich an den Abgrund und fing mich auf, als ich fiel. Ich erklimm den Gipfel der Ekstase, während ich von seinen Fingern tief in meiner Pussy am Boden gehalten wurde. Es war ein erschütternder und zugleich prächtiger Moment, und ich konnte einfach nur akzeptieren, was mir gab.

Seine Finger rutschten aus mir heraus und ich hörte, wie ein Kondom geöffnet wurde. Ich beobachtete, wie er es sich über seine dicke, wunderschöne und steinharte Länge rollte. Der Körperteil von ihm, der sich in einer Minute in mir befinden würde. Ich erschauerte bei dem Gedanken.

Seine blauen Augen fanden meinen Blick, und er flüsterte: „Jetzt, Brynne. Jetzt werde ich dich nehmen."

Ich schluchzte, als ich daran dachte, von ihm genommen zu werden. Die Erwartung so überwältigend, dass ich kaum einen klaren Gedanken fassen konnte.

Ethan schwebte über mir, die Spitze seines Schwanzes bahnte sich bereits einen Weg in mich hinein, brannte heiß und hart. Seine Hüften zwangen mich dazu, meine Schenkel weiter auseinander zu spreizen, als er seinen Schaft in mir vergrub. Er vereinnahmte meinen Mund für sich, und er stieß seine Zunge im gleichen Rhythmus in mich hinein, wie er das auch mit seinem

Schwanz tat. Ich konnte mich an seiner Zunge schmecken. Ethan Blackstone beanspruchte mich für sich. Vollkommen und unwiderruflich.

Ich ritt die Welle, während Ethan mich ritt. Zuerst machte er das hart. Harte Stöße in meine feuchte Höhle, rein und raus, und mit jedem Stoß drang er tiefer vor. Ich fühlte, wie er mich auf einen weiteren Höhepunkt zufickte.

Die Adern seitlich an seinem Hals traten hervor, als er sich auf seine Arme stützte, um mich aus einem anderen Winkel zu ficken.

Ich zog meine Pussy um seinen stoßenden Schwanz zusammen. Es entrangen ihm erregende Laute und er hauchte mir dreckige Dinge ins Ohr, darüber wie gut es sich anfühlte, mich zu ficken. Das ließ mich noch wilder werden.

„Ethan!", brüllte ich seinen Namen, als ich zum zweiten Mal kam. Mein Körper gab sich zuckend und erschauernd seiner größeren und mächtigeren Form hin.

Er ließ nicht nach. Er vergrub sich immer wieder in mir, bis er an der Reihe war, zu kommen. Mit angespanntem Hals und glühenden Augen nahm er mich noch härter. Meine Wände dehnten sich, um sich seiner Länge und Breite anzupassen, während ich das Gefühl hatte, dass er an Größe gewann. Ich wusste, dass er kurz vor seinem Höhepunkt stand.

Ich spannte die Muskeln meines Geschlechtes an, so gewalttätig, wie ich das zuvor noch nie getan hatte, und dann spürte ich, wie sich sein Körper ergab. Ihm entrang ein kehliger Laut, der wie eine Mischung aus meinem Namen und einem Kriegsschrei klang. Dann erschauerte er über mir, während seine blauen Augen in dem schwach beleuchteten Raum aufleuchteten. Er wandte seinen Blick nicht von mir ab, als er sich in mir ergoss.

KAPITEL 5

Ethan hatte sich bereits aus meinem Körper zurückgezogen. Und obwohl wir von dem Sexrausch bereits wieder in die Wirklichkeit zurückgetaumelt waren, sah er mir noch immer tief in die Augen. Er entfernte das Kondom, machte einen Knoten rein und verließ das Zimmer, um den Beweis loszuwerden. Aber es dauerte nicht lange, bis er zurückkam, nur um mich erneut zu beobachten. Nach dem, was wir gerade miteinander geteilt hatten, bedachten mich seine Augen von Kopf bis Fuß. Er schien eine Reaktion zu erwarten.

„Geht es dir gut?", fragte er, während er mit dem Daumen behutsam meine Lippen nachzeichnete.

Ich lächelte ihn an und antwortete mit gesenkter Stimme: „Oh ja."

„Ich bin noch lange nicht fertig mit dir." Er ließ seine Hand über meinen Hals gleiten, zu meiner Brust, über meine Hüfte, bis sie auf meinem Bauch zur Ruhe kam.

„Das war so wundervoll, ich will nicht – ich will nicht, dass es schon vorbei ist." Er ließ seine gespreizte Hand auf mir liegen und lehnte sich vor, um mich zu küssen... langsam und ausgiebig, beinahe schon ehrfürchtig. Mir war bewusst, dass er mir eine Frage stellen würde. „Nimmst – nimmst du die Pille, Brynne?"

„Ja", flüsterte ich an seinen Lippen. Ich hatte recht behalten. Der Grund würde ihn überraschen. Heute Abend jedoch würde ich diese Information nicht mit ihm teilen.

„Ich will in dir kommen. Ich will hier drin sein, ohne dass etwas zwischen uns ist." Er schob seine Finger zwischen meine feuchten Falten und streichelte mich. „Genau hier."

Seine Worte überraschten mich. Die meisten Männer wollten diese Möglichkeit nicht riskieren. Mein Körper reagierte auf seine Berührungen, ohne dass ich etwas dagegen unternehmen konnte. Ich konnte nicht anders; mir entrang ein lustvoller Laut, als ich mein Becken seinen Fingern entgegenhob.

„In meinem Unternehmen sind in regelmäßigen Abständen medizinische Untersuchungen vorgeschrieben – wir müssen fit und gesund sein, mich eingeschlossen. Ich kann dir meinen Bericht zeigen, Brynne. Ich bin gesund, das verspreche ich dir", sagte er. Gleichzeitig presste er seine Lippen gegen meinen Hals und rieb seine langen Finger über meine empfindliche Klitoris.

„Was wäre aber, wenn ich das nicht bin?", keuchte ich.

Er runzelte die Stirn und seine Hand stillte. „Wie lange ist es her, dass du mit jemandem Sex hattest?"

Ich zuckte mit den Achseln. „Keine Ahnung, eine

lange Zeit."

Er zog seine Augenbrauen zusammen. „Definiere *,eine lange Zeit'*. Reden wir hier von einer Woche oder einem Monat?"

Eine Woche ist keine lange Zeit. Warum ich ihm antwortete, wusste ich nicht. Meine einzige Erklärung bestand darin, dass es mit Ethan einfach so ablief. Er verlangte Antworten; er stellte direkte Fragen. Er hatte eine Art an sich, die ich nur schwer ignorieren konnte – vor allem wenn er sich an Themen heranwagte, die ich nicht besprechen wollte. „Monate", war meine Antwort und das war auch alles, was er jetzt an Informationen bekommen würde.

Sein Gesicht entspannte sich. „Ist das also ein *Ja*?" Er schob sich über mich und verwob seine Finger mit meinen. Dann spreizte er meine Beine mit seinen Knien, so dass er sich zwischen meinen Schenkeln einfinden konnte. „Denn ich will dich nochmal. Ich will wieder in dir sein. Ich will dich mit meinem Schwanz zum Orgasmus bringen, so tief in dir sein, dass du niemals wieder vergisst, wo ich gewesen bin. Ich will in dir kommen, Brynne, und dieses Gefühl mit dir teilen."

Ich konnte seine Länge spüren. Hart, heiß, testend, bereit, um in mich einzudringen. So verletzlich ich unter ihm auch war, noch nie hatte ich mich so sicher gefühlt.

Er küsste mich leidenschaftlich, seine Zunge nahm von mir Besitz. Es war eine Demonstration für das, was er mit seinem Schwanz vorhatte. Die meiste Zeit verstand ich ihn sehr gut. Ethan war nicht kompliziert, nicht im Geringsten.

„Ich vertraue dir, Ethan, und du wirst mich nicht schwäng –"

„Verdammt... jaaa", stöhnte er, als sein nackter Schwanz mit einem Stoß über die noch immer pulsierenden Wände meiner Pussy glitt. „Oh, Baby, du fühlst dich so gut an. I-ich bin so verdammt verloren, wenn es um dich geht."

Und so lief es das zweite Mal mit ihm. Jetzt bewegte er sich langsamer, kontrollierter. Als würde er die Erfahrung genießen wollen. Es war nicht weniger befriedigend, denn Ethan ließ mich kommen, bis ich für sein stoßendes Fleisch nur noch ein bewegungsloses Behältnis war.

Er fühlte sich größer an, härter, seine Hoden prallten mit jedem Stoß gegen meine Spalte. Dann erstarrte er. Seine Wirbelsäule verbog sich während einer Penetration, die uns auf eine unbeschreibliche Art und Weise zusammenbrachte. Ich hatte das Gefühl, dass wir für diesen Moment Eins waren.

Ethan keuchte meinen Namen und blieb in mir vergraben – so wie er es gewollt hatte. Und nach ein paar kleinen Zuckungen schoss er alles, was er hatte, in mich hinein, während ich um seinen Schwanz herum zuckte. Nach wenigen Augenblicken kam er zur Ruhe, atmete schwer, noch immer zwischen meinen Beinen.

Behutsam saugte er an meinem Hals, als ich über seinen Rücken streichelte, die geschmeidigen Muskeln heiß und schweißbedeckt. Das Zimmer roch nach Sex und dem Eau de Cologne, das er trug. Ich musste wirklich die Marke herausfinden. Ich fühlte unebene Erhebungen unter meinen Fingerspitzen. Sehr viele davon. Narben? Er rutschte von mir runter und meine Hände fielen von ihm ab. Ich wusste es besser, und würde nicht fragen.

Aber er rollte nicht weit von mir weg. Ethan legte

sich auf seine Seite, stützte den Kopf mit einem Arm ab und starrte mich noch ein bisschen an. „Vielen Dank", flüsterte er, während er die Konturen meines Gesichtes mit seinem Finger nachzeichnete, „dass du mir vertraut hast." Er lächelte. „Ich liebe es, dass du in meinem Bett liegst."

„Wie lange ist es denn her, dass jemand mit dir in diesem Bett gelegen hat, Ethan?" Wenn er fragen konnte, dann konnte ich das schon lange.

Er grinste, wirkte selbstzufrieden. „Das letzte Mal war vor…niemals, mein Schatz. Ich bringe keine Frauen in diese Wohnung."

„Als ich das letzte Mal nachgesehen habe, war ich noch eine Frau."

Als Antwort ließ er seine sinnvollen Augen über meinen Körper streifen. „Definitiv eine Frau." Er fand meinen Blick. „Trotzdem, ich bringe keine *anderen* Frauen hierher."

„Oh…" Ich rutschte nach oben und lehnte mich gegen das Kopfteil des Bettes, zog das Laken über meine Brüste. *Wie zur Hölle kann das keine Lüge sein?*

„Das überrascht mich. Ich hätte schon gedacht, dass du mehr Angebote bekommst, als du annehmen kannst."

Er zog an dem Laken und entblößte meine Brüste. „Ruiniere bitte nicht meine Aussicht, und das Stichwort bei der Sache ist ‚annehmen', meine Süße. Ich mag es nicht, ausgenutzt zu werden. Frauen benutzen Männer genauso oft wie andersrum." Er machte es sich neben mir bequem, lehnte sich mit der Schulter gegen das Kopfende und streichelte mit einem Finger meine Brust. „Aber es stört mich nicht, wenn *du* mich benutzt. Du bekommst einen Freifahrtschein."

Ich schnaubte und schlug seine Hand weg. „Dass du so gut aussiehst, steigt dir zu Kopf, Ethan – das ist dir hoffentlich klar. Dieser britische Charme wird dir bei mir aber keine *Freikarte* einbringen."

Er machte ein sarkastisches Geräusch. „Du bist ein knallharter Ami. Den einen Tag habe ich bereits gedacht, dass ich dich über die Schulter werfen müsste, um dich in mein Auto zu bekommen."

„Zum Glück hast du das nicht getan, denn sonst wäre dieses kleine Schäferstündchen niemals passiert." Begleitet von einem Grinsen auf den Lippen schüttelte ich meinen Kopf.

Er kitzelte mich an den Rippen und brachte mich zum Quietschen. „Kleines Schäferstündchen, huh?"

„Ethan!" Ich schlug seine Hände weg und rutschte zur Bettkante.

Er zerrte mich zurück und fixierte mich unter seinem harten Körper, ein breites Grinsen auf seinem Gesicht. „Brynne", hauchte er.

Dann küsste er mich. Langsam, zärtlich und behutsam, aber es fühlte sich intim und besonders an. Ethan presste mich gegen seine Seite, bedeckte uns mit einer Decke und sein schwerer Arm legte sich beschützend über mich. Ich fühlte, wie ich in dem warmen Bett und fest an ihn gepresst, langsam müde wurde. Ich wusste, dass es eine schlechte Idee war. Regeln waren Regeln, und ich missachtete gerade eine meiner Regeln.

„Ich sollte die Nacht nicht bleiben, Ethan. Ich muss wirklich gehen…"

„Aber ich will, dass du bleibst", sagte er beharrlich in meine Haare.

„Ich sollte nicht –"

„Shhh", unterbrach er mich, wie er das schon so oft zuvor getan hatte, bevor er meine Einwände wegküsste. Er streichelte über meine Haare, ließ seine Finger durch die Strähnen gleiten. Ich kam nicht gegen ihn an. Nicht nach der heutigen Nacht. Das Gefühl der Sicherheit fühlte sich zu wundervoll an und mein Körper war nach den unzähligen Orgasmen zu erschöpft. Sein Verhalten versprach Geborgenheit, und ich wollte ihn in dieser Sache einfach nicht bekämpfen. Also schlief ich.

… Die Ängste sind echt. Sie kommen in der Nacht, wenn ich schlafe. Ich versuche, sie zu bekämpfen, aber sie gewinnen fast immer die Oberhand. Alles ist dunkel, da meine Augen geschlossen sind. Aber ich höre die Geräusche. Gemeine Worte über jemanden, abartige Worte und Begriffe. Und erschreckendes Gelächter… Sie denken, dass es lustig ist, diese Person zu entwürdigen. Mein Körper fühlt sich schwer und schwach an. Noch immer höre ich sie lachen, genauso wie ich mich daran erinnere, was sie Teuflisches getan haben…

Ich wachte schreiend und allein in Ethans Bett auf. Ich erkannte schnell, wo ich mich befand, als er mit weit aufgerissenen Augen ins Zimmer stürmte. Als ich ihn sah, fing ich sofort an zu weinen. Die Schluchzer wurden noch lauter, als er sich neben mich setzte und an sich drückte.

„Alles ist okay. Ich bin ja da." Er wiegte mich in seinen Armen. Ethan war angezogen und ich war noch immer nackt. „Du hattest nur einen bösen Traum; das ist auch schon alles."

„Wo bist du gewesen?", schaffte ich es zwischen den Schluchzern zu sagen.

„Ich war in meinem Büro – diese verfluchten Olympischen Spiele – in letzter Zeit arbeite ich immer öfter auch nachts…" Er presste seine Lippen gegen meine

Stirn. „Ich war die ganze Zeit bei dir, bis du schließlich eingeschlafen bist."

„Du hättest mich nach Hause bringen sollen! Ich habe dir doch gesagt, dass ich nicht über Nacht bleiben würde!" Ich wehrte mich gegen seine Umarmung.

„Mein Gott, Brynne, was ist denn los? Es ist zwei Uhr am Morgen. Du bist erschöpft. Kannst du nicht einfach – warum willst du nicht hier übernachten?"

„Ich will nicht. Das ist einfach zu viel! Ich kann das nicht tun, Ethan!" Wieder drückte ich mich gegen seine Brust.

„Verdammt, Brynne! Du lässt es zu, dass ich dich in mein Apartment bringe, um dich zu ficken, aber du ziehst einen Strich, wenn es darum geht, ein paar Stunden in meinem Bett zu schlafen?" Er kam mit seinem Gesicht nah an meines heran. „Rede: Warum hast du Angst, bei mir zu bleiben?"

Er wirkte verletzt und klang beleidigt. Und während ich ein emotionales, abgefucktes Wrack war, fühlte ich mich obendrein auch noch wie ein fieses Miststück. Zudem sah er in seiner abgetragenen Jeans und dem hellgrauen T-Shirt auch noch so verdammt gut aus. Seine Haare waren verwuschelt und er müsste sich seinen Kinnbart mal wieder rasieren, nichtsdestotrotz: er sah einfach umwerfend aus. Wahrscheinlich auch, weil ich gerade den intimen Ethan sah, den Mann, den er in der Öffentlichkeit nicht zeigte.

Wieder fing ich an zu weinen und sagte ihm, wie leid mir das tat. Ich meinte es auch so. Es tat mir leid, dass ein Teil von mir gebrochen war. Aber das änderte nichts an den Tatsachen.

„Ich habe keine Angst, bei dir zu sein. Es ist so

kompliziert, Ethan. Es-es tut mir leid!" Ich rieb meine Augen. „Ich will heim…"

„Shhh. Es gibt nichts, das dir leid tun muss. Du hattest einfach nur einen bösen Traum, und ich kann dich nicht so nach Hause gehen lassen. Du bist völlig außer dir." Ethan griff nach einer Taschentuchbox neben dem Bett und überreichte sie mir. „Willst du darüber sprechen?"

„Nein", schaffte ich es durch drei Laken aus Taschentüchern zu pressen.

„Das ist in Ordnung, Brynne. Wenn du dazu bereit bist, bin ich da." Seine Hand rieb Kreise auf meinem Rücken und es fühlte sich himmlisch an. Aber ich wollte meine Augen nicht wieder schließen, denn dann könnte es passieren, dass ich wieder einschlief. Er zog mich mit sich auf die Matratze. „Lass mich dich für einen Moment in meinen Armen halten."

Ich nickte.

„Ich werde bei dir bleiben, bis du einschläfst, und falls du aufwachen solltest und mich nicht gleich siehst, bin ich gleich gegenüber in meinem Büro. Das Licht wird an sein. Ich würde dich in meiner Wohnung niemals allein lassen. Du bist vollkommen sicher bei mir. Du bist bei dem Kerl, der mit Security zu tun hat, erinnerst du dich?"

Ich schnappte mir noch ein paar Taschentücher und schnäuzte hinein. Ich war vollkommen fertig, und die Situation war nervenaufreibend. Allerdings versuchte ich mein Bestes, um aus der Sache herauszukommen, und ich wusste genau, was ich zu tun hatte. Mir entrang bei seiner Bemerkung ein leises Lachen, bevor ich mich von ihm zudecken ließ. Ich war seinem Brustkorb zugewandt und atmete seinen Duft ein, den ich wirklich liebte. Ich versuchte, mir diesen wundervollen Duft einzuprägen. Ich konzentrierte mich auf das Gefühl, in Ethans Armen zu sein, in Sicherheit, mit der Wärme seines Körpers, die mich umhüllte. Ich versuchte, mich an diesem Gefühl festzuhalten, da ich es nie wieder erleben würde.

Ich tat so, als würde ich einschlafen.

Ich verlangsamte meine Atmung. Und nach einer Weile spürte ich, wie er aus dem Bett rutschte und dann das Zimmer verließ. Ich hörte sogar das Geräusch seiner nackten Füße, als er über den Holzboden lief. Ich beobachtete die Uhr und gab mir fünf Minuten, bevor ich aufstand.

Splitternackt lief ich in Ethans Wohnzimmer und hob meine Kleidung auf. Ich zog Ethans violette Krawatte aus dem Haufen und glättete sie, bevor ich sie gefaltet über die Armlehne des Sofas legte. Ich wünschte, dass ich sie mitnehmen könnte, um mich an den heutigen Tag zu erinnern.

Vor den großen Glasfenstern zog ich mich an. Statt in meine Schuhe zu schlüpfen, hielt sie noch eine Weile in der Hand. Ich hob meine Tasche auf und lief zur Tür. Ich konnte sein Sperma fühlen – heiß und feucht zwischen meinen Beinen, wie es sich einen Pfad über die Innenseite meiner Schenkel bahnte –, und die Erinnerung an unsere Zeit zusammen, ließ mich wimmern. Mir war klar, dass ich alles ruiniert hatte. Aber ich konnte nicht mehr zurück, auch wenn es sich falsch anfühlte.

Als ich aus der Tür raus war, rannte ich zum Fahrstuhl und drückte den Knopf. Ich schlüpfte in meine Schuhe und wühlte in der Tasche, um meine Haarbürste ausfindig zu machen. Ich riss das Teil brutal durch meine - *Ich-war-gerade-erst-gefickt-worden*-Haare. Gegen das Nest auf meinem Kopf hatte die Bürste keine Chance – aber es war besser als nichts. Der Fahrstuhl kam und ich stieg ein. Ich packte die Bürste wieder ein und als ich die Kabine verließ, sah ich in meinem Geldbeutel nach, ob ich genug Geld für ein Taxi hatte.

In der Lobby grüßte mich sofort der Portier. „Kann ich Ihnen helfen, Madame?"

„Äh… ja, Claude, richtig? Ich muss nach Hause. Können Sie mir ein Taxi rufen?" Ich klang verzweifelt; sogar ich konnte das hören. Ich wollte mir gar nicht ausdenken, was Claude gerade dachte.

Er zeigte nicht die winzigste Reaktion, als er ein Telefon an sein Ohr hob. „Ah, da kommt bereits eins." Er legte das Telefon wieder zurück, kam um den Tresen gelaufen und hielt mir die Tür auf. Er half mir ins Taxi und schloss die Autotür. Ich bedankte mich bei ihm, gab dem Fahrer meine Adresse, und sah aus dem Fenster.

Die Lobby war hell erleuchtet. Ich konnte sehen, wie Ethan aus dem Fahrstuhl gerannt kam und mit Claude sprach. Dann sprintete er nach draußen. Mein Taxi war jedoch schon weg. Frustriert warf er seine Arme in die Höhe und legte seinen Kopf in den Nacken. Ich konnte sehen, dass er noch immer barfuß war. Ich konnte sehen, dass er verwirrt und verletzt war, als sich unsere Blicke trafen – ich im Auto und er auf der Straße. Ich konnte Ethan sehen. Und es war wahrscheinlich das letzte Mal, dass ich ihn sehen würde.

KAPITEL 6

Der wundervolle Duft von Kaffee weckte mich. Ich sah auf meinen Wecker und wusste, dass ich heute Morgen nicht über die Waterloo Bridge rennen würde. Mit dem Arm über meinen Augen lief ich in die Küche.

„So wie du ihn am liebsten hast, Bree. Süß und cremig." Meine *immer-mal-wieder*-Mitbewohnerin und liebe Freundin Gabrielle schob die Tasse in meine Richtung, ein Ausdruck auf dem Gesicht, der mehr als eindeutig war. *Fang an, die Karten auf den Tisch zu legen, Schwester, dann werde ich dir auch nichts tun.*

Ich liebte Gaby, aber diese Sache mit Ethan hatte mich derart aus der Bahn geworfen, dass ich das Wissen um seine Existenz einfach unter einem Stein begraben und so tun wollte, als wäre er mir niemals über den Weg gelaufen.

Ich streckte meine Hand nach der dampfenden Tasse aus und inhalierte den köstlichen Duft. Er erinnerte mich irgendwie an Ethan und ich fühlte, wie eine Welle von Gefühlen über mich einbrach. Ich setzte mich an die Küchenbar und umfing die Tasse wie eine Henne, die ihre Küken beschützte. Als ich mich auf den Hocker niederließ, diente das wunde Gefühl zwischen meinen Schenkeln als eine weitere Erinnerung. Eine Erinnerung an Ethan, seinen heißen Körper, sein Modelaussehen und den Wahnsinnssex… und natürlich auch wie ich hysterisch in seinem Bett aufgewacht war. Ich ließ die mutige Fassade von mir abfallen und ließ die Tränen kommen.

Es dauerte eine Weile, zwei Tassen Kaffee und der Umzug zur Couch, bis sie die Geschichte aus mir herausbekam. Aber Gaby wusste genau, was sie tun musste. Man konnte sie nicht aufhalten.

„Vor zwei Stunden habe ich dein Handy auf lautlos gestellt. Deine Tasche machte so viel Krach, dass ich sie treten wollte." Gabrielle streichelte mir über den Kopf, der auf ihrer Schulter ruhte. „Du hast unendlich viele Mailbox-Benachrichtigungen und Nachrichten. Ich bin mir ziemlich sicher, dass das Teil kurz davor stand zu explodieren. Also habe ich es vor einem alles vernichtenden Tod bewahrt und den Scheißer ausgemacht."

„Danke, Gab. Ich bin so froh, dass du heute Morgen hier bist." Und das meinte ich auch so. In vielerlei Hinsicht war sie so wie ich. Ein Mädchen, das ursprünglich aus Kalifornien nach London gekommen war, im Fachbereich Kunst studierte und vor etwas die Flucht ergriffen hatte, das sie noch immer heimsuchte. Der einzige Unterschied bestand darin, dass ihr Vater in London lebte. Also war sie in England nicht vollkommen auf sich allein gestellt. Wir hatten uns vor fast vier Jahren in der ersten Woche bei den Seminaren kennengelernt und uns niemals wieder losgelassen. Sie kannte meine dunklen Geheimnisse und ich kannte ihre.

„Ich auch." Sie tätschelte mein Knie. „Und du wirst dir bei Dr. Roswell einen Termin holen, dich mental auf einen Partyabend mit Benny und mir vorbereiten, *und* wir müssen bei *Charbonnel et Walker* einen Stopp einlegen, um uns mit Schokolade zu verwöhnen." Sie neigte ihren Kopf. „Klingt das gut oder klingt das gut?"

„Das klingt perfekt." Ich zwang mich zu einem Lächeln und versuchte, mich zusammenzureißen.

„Vielleicht solltest du diesem Kerl eine Chance geben, Bree. Er ist gut im Bett und will dich haben."

Mein gekünsteltes Lächeln verwandelte sich in ein ernstgemeintes Stirnrunzeln. „Du hast mit Benny getratscht."

Sie rollte ihre Augen. „Ruf ihn wenigstens zurück." Gaby senkte ihre Stimme zu einem Flüstern. „Er weiß doch schließlich nichts über deine Vergangenheit…"

„Ich weiß." Gaby hatte recht. Ethan wusste es nicht.

Sie rieb mir über den Arm.

„Ich bin nicht wütend auf ihn, und ich habe mich letzte Nacht auch nicht von ihm angegriffen gefühlt. Ich musste einfach weg. Ich bin schreiend in seinem Bett aufgewacht und ich –"

Wieder überkam mich das Bedürfnis zu weinen. Ich versuchte, die Tränen zu unterdrücken.

„Aber es klingt so, als habe er dich trösten wollen. Er hat nicht versucht, dich wegzustoßen, Bree."

„Allerdings hast du sein Gesicht nicht gesehen, als er ins Zimmer geplatzt kam, nachdem er mich wie eine Irre schreien gehört hat. Wie er mich angesehen hat…" Ich rieb über meine Schläfen. „Er ist so intensiv. Ich kann ihn dir nicht richtig beschreiben, Gab. Ethan ist ganz anders als Männer, denen ich bisher begegnet bin, und ich weiß nicht, ob ich ihn überleben kann. Wenn die letzte Nacht ein Hinweis sein sollte, dann bezweifle ich das ganz stark."

Gaby betrachtete mich, ihre wunderschönen, grünen Augen lächelten selbstsicher. „Du bist viel stärker als du denkst. Das weiß ich." Sie nickte einmal. „Du musst dich jetzt für die Arbeit fertigmachen und dann, nach einem produktiven Tag an der Uni, im Dienst der großen Kunstwerke, wirst du heimkommen und dich auf eine dekadente Nacht vorbereiten. Benny ist auf jeden Fall dabei." Mit einem Finger pikste sie mir in die Schulter. „Und jetzt beweg dich, Missy."

„Das war mir so klar. Ben hat mich in der Minute verraten, als es ihm möglich war." Ich lächelte sie an – das erste ehrliche Lächeln seit zwölf Stunden –, bevor ich meinen Arsch vom Sofa hob. „Ich mach ja schon, Gab", sagte ich und rieb über die Stelle, wo sie mich gepikst hatte. „Ich kapituliere."

ICH war bereits seit einigen Stunden auf der Arbeit, als Rory mit den atemberaubendsten, dunkelvioletten Dahlien in einer Vase durch die Tür kam. Mit einem breiten Grinsen kam er auf mich zu. „Eine Lieferung für Sie, Miss Brynne. Wie es scheint, haben Sie einen Verehrer."

Oh Scheiße! Ich musste zweimal hingucken. Die Schleife um die Vase war nicht wirklich eine Schleife. Es handelte sich um seine violette Seidenkrawatte von letzter Nacht. Letztendlich war ich doch in den Besitz von Ethans Krawatte gekommen.

„Danke, dass du sie mir hinter gebracht hast, Rory. Sie sind wirklich wunderschön." Meine Hand zitterte, als ich nach der Karte griff. Ich ließ sie zweimal fallen, bevor es mir möglich war zu lesen, was er geschrieben hatte.

Brynne, letzte Nacht war ein Geschenk.
Du hast versucht, mir etwas mitzuteilen.
Bitte vergib mir, dass ich nicht zugehört
habe. Es tut mir so leid.

Dein E

Ich las seine Nachricht mindestens ein Dutzend Mal und fragte mich, was ich jetzt tun sollte.

Wie hatte er es nur geschafft, mich derart durcheinanderzubringen? Im ersten Moment war ich mir sicher, dass ich vor Ethan die Flucht ergreifen müsste, und keine Sekunde später wollte ich bereits wieder bei ihm sein. Erneut sah ich auf meine violetten Blumen und wusste, dass ich sein Geschenk und die handgeschriebene Nachricht würdigen musste. Das zu ignorieren, wäre einfach nicht fair.

Nachricht oder Anruf? Schwere Entscheidung. Ein Teil von mir wollte Ethans Stimme hören. Der andere Teil hatte Angst, meine eigene zu hören, sobald ich seine Fragen beantworten müsste. Letztendlich entschied ich mich für eine Nachricht. Ich war ein Weichei. Zuerst musste ich mein Handy anmachen. Die verpassten Anrufe und Nachrichten, die aufleuchteten, sorgten dafür, dass sich mein Magen umdrehte. Das war im Moment einfach zu viel für mich. Ich ignorierte alles und drückte stattdessen sofort den kleinen Briefumschlag, um eine Nachricht zu verfassen: **Ethan, die Blumen sind**

wunderschön. Vielen Dank. Ich <3 violett. – Brynne.

Ich zog kurz in Erwägung, das Handy wieder auszuschalten, aber natürlich tat ich das nicht. Neugier war der Katze Tod. Oder in meinem Fall: Ließ sie mich dumme Dinge anstellen.

Stattdessen lief ich zur Vase mit meinen Blumen und löste die Krawatte vom Arrangement. Ich hob sie an meine Nase und atmete tief ein. Sie duftete nach ihm. Dem sexy Ethan-Duft, nach dem ich mich verzehrte. Ich würde ihm diese Krawatte nie wieder zurückgeben. Egal, was in der Zukunft auch passieren mochte, oder auch nicht: die Krawatte gehörte jetzt mir.

Mein Handy leuchtete auf und fing an zu vibrieren. Mein Instinkt riet mir, es auszumachen, aber ich hatte gewusst, dass er anrufen würde. Und der egoistische Teil von mir wollte wieder seine Stimme hören. Ich hob das Handy an mein Ohr.

„Hi."

„Liebst du die Farbe Violett wirklich?"

Die Frage brachte mich zum Lächeln.

„Sehr sogar. Die Blumen sind wunderschön und die Krawatte bekommst du nicht wieder zurück."

„Ich habe es vermasselt, oder?" Seine Stimme klang sanft und ich konnte ein Rascheln im Hintergrund wahrnehmen, bevor er lange ausatmete.

„Rauchst du, Ethan?"

„Heute mehr als sonst."

„Ein Laster… du hast also eins." Ich strich über die Krawatte, die ausgebreitet auf meiner Arbeitsfläche lag.

„Davon habe ich sogar mehrere, das kann ich dir versichern." Es gab einen Schweigemoment, und ich fragte mich, ob er mich für eines von seinen Lastern hielt, aber dann sprach er: „Letzte Nacht wollte ich zu deiner Wohnung kommen. Wäre ich auch fast."

„Es ist gut, dass du das nicht getan hast, Ethan. Ich musste nachdenken, und das ist nicht so einfach, wenn du in der Nähe bist. Es lag sowieso nicht an dir. Letzte Nacht war nicht deine Schuld. Ich brauchte nur etwas Abstand, nachdem wir... das miteinander getan haben. So ist das einfach bei mir. Ich bin diejenige, die verkorkst ist."

„Sag das nicht, Brynne. Ich weiß, dass ich dir letzte Nacht nicht zugehört habe. Du hast mir gesagt, was du brauchst und ich habe deine Wünsche ignoriert. Ich habe dich dazu gebracht, etwas zu tun, das du nicht tun wolltest, und das auch noch zu schnell. Ich habe dein Vertrauen missbraucht. Das bereue ich am meisten. Es tut mir zutiefst leid – du weißt gar nicht wie sehr. Und wenn das meine Chancen mit dir ruiniert haben sollte, dann verdiene ich das."

„Nein, das tust du nicht." Meine Stimme kam einem Flüstern gleich. Es gab so viel, was ich sagen wollte, aber mir fehlten die richtigen Worte. „Du willst nicht mit mir zusammen sein, Ethan."

„Ich *weiß*, dass ich das will, wunderschöne Brynne." Ich hörte, wie er den Rauch seiner Zigarette in die Luft blies. „Die Frage ist nur, ob du das auch willst. Willst du dich wieder mit mir treffen, Brynne Bennett?"

Ich konnte nicht anders; seine Worte führten dazu, dass ich weinen musste. Das einzig Gute war, dass Ethan die Tränen nicht sehen konnte. Allerdings war ich mir sicher, dass er es am anderen Ende der Leitung hören konnte.

„Und jetzt habe ich dich auch noch zum Weinen gebracht. Ist das gut oder schlecht, Baby? Sag es mir bitte, denn ich kann es nicht mit Sicherheit sagen." Die Sehnsucht in seiner Stimme ließ meinen Widerstand bröckeln.

„Es ist gut…" Ich lachte beschämt. „Aber ich weiß nicht, wann. Für heute Abend habe ich bereits etwas mit Gaby und Benny ausgemacht."

„Das verstehe ich", sagte er.

Stimmte ich gerade einem weiteren Treffen mit Ethan zu? Wir beide kannten die Antwort auf diese Frage. Aber ich konnte mich Ethan nicht entziehen. Seit der ersten Nacht, in der wir uns kennengelernt hatten, hielt er mich gefangen. Ja, wir waren schnell zum Sex übergegangen. Ja, er hatte seine Überredungskünste einsetzen müssen. Aber er hatte mich dadurch an einen Ort geführt, der sich wundervoll anfühlte und an dem ich meine Vergangenheit vergessen konnte. Bei Ethan fühlte ich mich sicher. Auf eine Art und Weise, die sogar mich überraschte, und die mich dazu zwang, die Gründe dahinter zu beleuchten. Ich hatte nicht wirklich viel Hoffnung, dass aus uns etwas werden könnte. Aber eines war sicher: an die Affäre würde ich mich noch sehr, sehr lange erinnern.

„Können wir es langsam angehen, Ethan Blackstone?"

„Das klingt für mich nach einem *Ja*. Natürlich können wir das." Wieder hörte ich ein leises Ausatmen. Dann eine Pause, als müsste er den Mut für seine nächsten Worte aufbringen. „Brynne?"

„Ja?"

„Ich habe gerade ein sehr breites Lächeln auf den Lippen."

„Ich auch, Ethan."

KAPITEL 7

Die Clubszene in London war verdammt großartig. Wir machten das nicht oft. Aber jetzt durch die Clubs zu ziehen, war genau das, was ich brauchte. Mein Geisteszustand war durch verschiedene Gefühle wie Angst und Schuld einfach viel zu überlastet. Ich musste tanzen und trinken und lachen. Vor allem musste ich die ganze Scheiße vergessen, die sich momentan in meinem Leben abspielte. Das Leben war zu kurz, um sich ständig Gedanken zu machen. Jedenfalls sagte das immer meine Therapeutin. Morgen hatte ich nachmittags um vier einen Termin bei Dr. Roswell und gleich danach würde ich mit Ethan zu Abend essen. Unser erster Schritt bei der *Wir-gehen-es-langsam-an*-Vereinbarung, die wir am Telefon getroffen hatten. Er hatte mir gesagt, dass er die Karten auf den Tisch legen wollte, und ich musste zugeben, dass mir das gefiel. Die Wahrheit war mir immer am liebsten. Ich hatte eigentlich nichts zu verstecken; allerdings war ich vorsichtig, wenn es darum ging, was ich teilen wollte. Und bisher wusste ich noch nicht, wie viel ich Ethan anvertrauen sollte. Es gab keinen Leitfaden, der mir bei dieser Entscheidung behilflich sein konnte. Ich musste mich von der Welle wegtragen lassen und hoffen, dass ich nicht gegen ein Riff stoßen und ertrinken würde.

„Probier das. Es ist unglaublich." Benny drückte mir einen orange-roten Drink in einem hohen Glas in die Hand „Sie haben das Getränk Olympische Flamme getauft."

Ich nahm einen Schluck. „Nicht schlecht." Wir beobachteten beide, wie es Gaby mit einem Typ auf der Tanzfläche krachen ließ, der sie auf *keinen* Fall heute Abend ins Bett kriegen würde. Wir waren bereits in drei anderen Clubs gewesen und meine Füße fingen langsam an, Einwände zu erheben. Meine dunkelvioletten Stiefel sahen kombiniert mit meinem One-Shoulder-Kleid wirklich toll aus, aber nach drei Clubs würde ich jetzt zu Hause gerne in meine flauschigen Socken schlüpfen. „Mein Cowboystiefel-Fetisch rächt sich gerade." Ich grinste Benny an und hob einen Fuß hoch.

„Du hast doch mindestens zehn Paar Stiefel." Er zuckte mit den Schultern. „Ich finde, dass sie heiß aussehen. Dir ist schon klar", sagte er nachdenklich, „dass wir Wahnsinns Fotos kreieren könnten, wenn du nackt, nur mit diesen Schuhen an den Füßen, posieren würdest." Er nickte mehrere Male nacheinander. „Dein Körper und deine Stiefel. Habe ich nicht recht? Ich will es machen. Ich kann die Beleuchtung sehr dunkel belassen und nur auf den Stiefeln einen Farbakzent setzen. Du hast so viele, in so vielen verschiedenen Farben – gelb, pink, grün, blau, rot. Das würde famos aussehen. Einfach nur Kunst, nicht zu offenherzig." Er sah mich an. „Wärst du dazu bereit, Bree?"

„Ja, sicher. Wenn du denkst, dass dabei schöne Bilder herauskommen, dann gebe ich meinen Schuhen gerne etwas Auslauf." Ich steckte meine Zunge raus. „Meine Mutter wird einen Anfall bekommen." Ich konnte Bens Antwort kaum abwarten.

„Deine Mutter muss mal richtig gevögelt werden." Ben enttäuschte mich nicht.

Ich lachte, denn die Vorstellung, dass Clarice Huntington Bennett Exley Sex haben könnte, einfach nur zum Spaß, war wirklich amüsant.

„Zum Teufel, niemand hat jemals gesagt, dass du einen Orgasmus haben musst, um schwanger zu werden, und ich bin mir ziemlich sicher, dass meine Mutter nur dieses eine Mal mit meinem Vater Sex hatte."

„Da könntest du recht haben, Darling", sagte Benny. Ben war meiner Mutter bereits mehr als einmal über den Weg gelaufen, also wusste er, wovon er sprach. „Wenigstens hat sie es gleich beim ersten Mal richtig gemacht und dich in diese Welt gebracht", scherzte Ben und wieder musste ich lachen.

Meine Eltern hatten sich scheiden lassen, als ich vierzehn Jahre alt war – wahrscheinlich wegen dem Mangel an Sex und weil sie realisiert haben mussten, dass sie absolut kein Interesse aneinander hatten. Aber um fair zu sein: sie waren beide in der gleichen Gegend geblieben, bis ich meinen Highschool-Abschluss hatte. Immer wenn ihr danach war, flog meine Mutter über den großen Teich und besuchte mich in London. Ich hatte Spaß daran, sie mit meinen Freunden, meinem Lebensstil und anderen Dingen zu schockieren, bis sie von dem Besuch genug hatte. Ihr neuer Ehemann, Frank, war viel älter als sie, viel älter als mein Vater, und über alle Maßen hingerissen, wenn sie San Francisco für eine gewisse Zeit verließ. Ich bezweifelte, dass sie mit Frank mehr Sex hatte. Vielleicht konnte sich Frank etwas austoben, wenn sie verreiste, aber wer zur Hölle konnte das schon mit Sicherheit sagen. Meine Mutter und ich waren uns niemals einig.

Mit meinem Daddy war das anders. Er war schon immer der Elternteil gewesen, den ich bei Problemen um Rat fragte. Er rief mich regelmäßig an und unterstützte meine Entscheidungen. Er liebte mich, wie ich war. Und ich war nur noch auf dieser Erde, weil er mir in meiner dunkelsten Stunde beigestanden hatte. Ich fragte mich, was Daddy von Ethan denken würde.

Ben ließ mich allein. Er näherte sich einem blonden Kerl, den er für später klarmachen wollte. Ich blieb zurück und schlürfte meine Olympische Flamme.

„Hey, bezaubernde Lady. Das sind ja wirklich ganz besonders reizende Stiefel, die du da an den Füßen trägst." Ein großer Kerl mit roten Haaren, der seine eigenen Stiefel, eine Jeans und eine Gürtelschnalle trug, die den Umriss und die Größe von Texas hatte, schwebte über meinem Tisch. Ein Amerikaner; da war ich mir sicher. Es gab einen Haufen von Leuten, die wegen den Olympischen Spielen nach London kamen, und dieser Kerl wirkte wie eine Europa-Jungfrau.

„Danke. Ich sammle Cowboy-Stiefel." Ich lächelte ihn an.

„Du sammelst Cowboys, huh?" Er ließ seine Augen über meinen Körper schweifen. „Dann bin ich bei dir wohl richtig." Er setzte sich neben mich auf die Sitzbank, sein massiger Körper versperrte mir den Weg. „Wenn du willst, kann ich dein Cowboy sein", hauchte er mit seinem alkoholisierten Atem. „Du kannst mich reiten."

Ich rutschte auf der Bank von ihm weg und drehte meinen Kopf zur Seite.

„Wie heißt du, Süße?"

„Mein Name ist: *Ich-bin-nicht-interessiert*", sagte ich kühl. „Und mein Zweitname ist: *Das-kann-nicht-dein-ernst-sein-du-besoffener-Sack*."

„Das ist aber nicht die feine Art. So bewirtet man keine Gäste, die den ganzen Weg von Texas auf sich genommen haben." Mister Rotkäppchen lehnte sich näher zu mir und legte seinen Arm auf die Rückenlehne, drückte sich gegen meinen Körper, sein Bein an meinem, sein Atem strich über mein Gesicht. „Du weißt ja gar nicht, was dir entgeht."

„Das kann ich mir schon denken." Ich lehnte mich zurück, soweit mir das möglich war, und rutschte auf die andere Seite der Sitzbank. „Bringen sie euch in Texas kein Benehmen bei, oder mögen es die Mädchen dort, wenn ihnen in der Öffentlichkeit von widerlichen Säufern Sex angeboten wird?"

Mister Rotkäppchen verstand den Hinweis nicht, oder vielleicht war er auch zu dumm, um meine Frage zu verarbeiten, denn er packte meine Hand, sprang auf die Füße und zog mich mit sich. „Tanz mit mir, Süße."

Ich wehrte mich gegen ihn, setzte mein ganzes Gewicht ein. Aber ich kam gegen seine massige Form einfach nicht an. Er war wie ein rothaariger Neandertaler, der zu viel Alkohol in sich hatte, mich an seinen Körper zog und uns über die Tanzfläche schwang. Seine Hand bedeckte meinen Hintern und schob sich langsam aber sich unter meinen Rock. Das war der Moment, in dem ich meinen Fuß hob und so hart ich konnte, mit dem Absatz auf seinen Zeh trat.

„Nimm deine Pfoten von meinem Arsch, bevor ich deine Eier zu Bommeln für meine Schuhe verarbeitete. Du hast zwei Eier und ich zwei Stiefel – eine Bommel für jeden Schuh." Ich bedachte ihn mit einem gekünstelten Lächeln.

Er grunzte und kniff seine Augen zusammen. Ich konnte sehen, dass er darüber nachdachte, ob ich es ernst meinte. Dann grinste er höhnisch, machte aber einen Schritt zurück. „Kalte, englische Schlampe", murmelte er, während er sich durch die Masse an Leuten davonmachte, wahrscheinlich um nach einer anderen bemitleidenswerten Person Ausschau zu halten, die er belästigen konnte.

„Ich bin Amerikanerin, du Arschloch! Aus dem guten Teil des Landes!", schrie ich hinter ihm her, bevor ich mich umdrehte und in eine harte Männerbrust rannte. Eine Brust, die mir vertraut war. Ein Körper, der durch den Duft purer Sinnlichkeit geprägt war. *Ethan.*

Er sah nicht sonderlich glücklich aus, als er Funken in Richtung des davontrabenden Mister Rotkäppchen sprühen ließ, bevor er seinen Blick wieder auf mich richtete. Ethan presste seine Hand gegen meinen Rücken und schob mich zu einem Tisch. Ich konnte sehen, dass er angepisst war. Aber sogar wütend sah er in seinem schwarzen T-Shirt, der dunklen Jeans, grauen Jacke und dem verführerischen, wenn auch wütenden Gesichtsausdruck, wunderschön aus.

„Warum bist du hier, Ethan?"

„Ist verdammt gut, dass ich hier bin, oder nicht? Dieser dumme Affe hat dich belagert – seine Hände auf deinem Hintern gehabt. Wer weiß, was er als nächstes versucht hätte!" Er funkelte mich wütend an, sein Kiefer angespannt, seine Lippen in einer geraden Linie.

„Ich bin der Überzeugung, dass ich die Sache mit ihm sehr gut gelös —"

Ethan nahm mein Gesicht zwischen seine Handflächen und küsste mich, hielt mich an seinem Mund gefangen, schob seine Zunge zwischen meine Lippen und verlangte von mir, ihm den Zugang zu gestatten. Ich stöhnte und erwiderte den Kuss, schmeckte Minze und den Hauch von Bier. Ich konnte noch immer nicht glauben, dass er rauchte. Allerdings konnte ich niemals Rauch riechen. Auch wenn ich seinen Kuss hätte ablehnen wollen, Nein zu sagen, war einfach nicht möglich. Ich würde ihn immer wollen. Er drückte die richtigen Knöpfe, und genau aus diesem Grund war er für mich auch so gefährlich.

„Sieh dich nur an", sagte er langsam, als er seine Augen über mein Outfit schweifen ließ, bevor sein Blick wieder auf meinem Gesicht landete. „Es ist ein Wunder, dass nicht fünfzig harte Schwänze versuchen, dir nahe zu kommen."

„Nein. Nur zwei – Mister Rotkäppchen und du."

„Wer?" Seine Augen verengten sich zu Schlitzen.

Nun war ich an der Reihe, meine Augenbrauen hochzuziehen. „Bis vor wenigen Minuten war Benny noch bei mir, und ich werde dir deine Reaktion vergeben, denn ich habe keine Ahnung, was ich mir dabei denken soll." Ich verschränkte meine Arme. „Wieso bist du überhaupt hier, Ethan? Oder noch besser: Woher weißt du eigentlich, in welchem Club ich mich gerade aufhalte? Verfolgst du mich?"

Er fuhr sich mit den Fingern durch seine Haare und

wandte seinen Blick ab. Eine wasserstoffblonde Kellnerin kam sofort herbei und nahm seine Bestellung mit einem roten Gesicht und einem blöden Kichern auf. Ich war mir sicher, dass Miss-Sex-On-The-Beach keine Einwände hätte, wenn er sie bitten würde, sich auf seinen Schoß zu setzen. Mal ehrlich, wie konnte er überhaupt an einen derartigen Ort kommen, ohne dass sich Frauen an seinen Hals warfen?

Als mich Ethan fragte, ob ich etwas von der Bar wollte, schüttelte ich lediglich mit dem Kopf und hob den Drink hoch, den mir Benny gebracht hatte. Die Kellnerin sah mich mit einem vielsagenden Blick an, bevor sie sich auf dem Absatz umdrehte und ihre schwingenden Hüften mit sich nahm.

„Was mache ich beruflich, Brynne?" Seine Stimme klang stahlhart und ich musste ihm Anerkennung dafür geben, dass er ihr nicht hinterhersah. Vor allem wenn man bedachte, dass sie ihren Arsch wie die olympische Flagge schwenkte und er in die Richtung der Tanzfläche sprach, um den Raum genau im Blick haben zu können.

„Dir gehört Blackstone Security International, Ltd. und du hast die nötigen Gerätschaften, um deine Verabredungen zu stalken?", sagte ich mit einem sarkastischen Unterton, während ich meinen Kopf fragend auf die Seite legte.

Sofort fanden seine Augen die meinen, bevor er sie kurz über meinen Körper gleiten ließ. „Oh, wir sind schon weit darüber hinaus, die Sache zwischen uns lediglich als Verabredungen zu bezeichnen, meine Schöne." Er lehnte sich vor, seine Lippen an meinem Ohr. „Als wir in meinem Bett gefickt haben, hast du dich auf unbekanntes Terrain vorgewagt – das kannst du mir glauben."

Mein Herz setzte einen Schlag aus, als ich den Ausdruck in seinen Augen sah und die Worte hörte, die aus seinem Mund kamen. Sofort war ich für ihn feucht, weshalb ich versuchte, die Unterhaltung in eine andere – weniger sexuelle – Richtung zu lenken. Allerdings hatte ich keine Ahnung, warum ich mir die Mühe machte; Ethan wusste ganz genau, dass ich mich nach ihm verzehrte, während wir hier so nah beieinander saßen.

„Woher wusstest du, dass ich hier sein würde?"

„Clarksons Kreditkarte ist im System aufgetaucht. Hat nur eine Sekunde gedauert und schon wusste ich Bescheid." Er nahm meine Hand in seine und berührte mich zärtlich mit seinem Daumen. „Sei nicht böse, dass ich hier aufgetaucht bin. Ich wäre im Hintergrund geblieben, wenn es sich nur um deine Freunde gehandelt hätte. Aber dieser scheiß Cowboy hat dich angefasst." Ethan hob meine Hand zu seinen Lippen, die Stoppeln seines Kinnbartes eine Berührung, die ich mit jedem weiteren Mal noch mehr lieben lernte und langsam aber sicher als selbstverständlich ansah. „Ich wollte dich beim Spaß haben sehen. Als ich dich das letzte Mal in dem Taxi gesehen habe, hast du so traurig ausgesehen."

Ethan lächelte und sein ganzes Gesicht veränderte sich.

„Ich liebe es, wenn du das machst", sagte ich.

„Wenn ich was mache?"

„Wenn du meine Hand küsst."

Er sah auf meine Hand, die noch immer in seiner lag. „Das ist ja auch eine bezaubernde Hand und ich wäre todunglücklich, wenn es jemandem gelingen würde, ihr etwas anzutun."

Seine Augen fanden wieder die meinen, aber er

schwieg und beobachtete mich nur, während er mit dem Daumen Kreise auf meine Haut zeichnete oder meine Hand an seine Lippen hob, wenn ihm danach war. Ethan musste mich berühren. Es war einfach etwas, das er tat und was ich verstand. Seine Berührung tröstete mich. Ich konnte es nicht erklären: aber sobald er mich berührte, wusste ich genau, was ich fühlte. Ich nahm an, dass ich das bei meiner nächsten Sitzung mit Dr. Roswell besprechen sollte.

Allerdings war Ethans Wortwahl merkwürdig gewesen. Er war auf jeden Fall überfürsorglich; als würde er sich Sorgen machen, dass mich jemand verletzen könnte. *Dieser Zug ist bereits vor sechs Jahren abgefahren, Ethan.*

Benny und Gaby tauchten auf, machten sich mit Ethan bekannt und verzogen sich dann, wie das Jungs einer Studentenverbindung auf einer Party machen würden. Sie dachten, sie hätten sich geschickt aus der Affäre gezogen. Aber egal. Ich war mir sicher, dass sie die ganze Nacht mit Spekulieren beschäftigt sein würden.

Als sein Getränk kam, benutzte er die linke Hand, um das Glas zu halten. Ethan ließ in der ganzen Zeit nicht meine Hand los. Erst, als er mich in sein Auto verfrachtete, um mich heimzufahren.

Immer wieder sah er zu mir rüber, brachte mich dazu, ihn mit meinem Blick zu finden. Das erregte mich so sehr, dass ich den Drang verspürte, auf dem Autositz hin und her zu rutschen, um den Schmerz zwischen meinen Beinen zu lindern.

„Warum siehst du mich so an?", fragte ich schließlich.

„Ich denke, das weißt du." Seine Stimme klang sanft, auch wenn sie eine gewisse Schärfe aufwies.

„Ich will, dass du mir den Grund sagst, denn ich weiß

es wirklich nicht."

„Brynne, ich sehe dich an, weil es mir nicht möglich ist, meine Augen von dir zu abzuwenden. Ich will in dir sein. Ich will dich so verzweifelt ficken, dass ich es kaum schaffe, dieses verdammte Auto zu fahren. Ich will in dir kommen und es dann noch einmal tun. Ich will deine süße Fotze um meinen Schwanz gewickelt wissen. Ich will, dass du meinen Namen schreist, weil ich dich zum Orgasmus geführt habe. Ich will dich die ganze Nacht an meiner Seite haben, damit ich dich wieder und wieder nehmen kann. Ich will, dass sich deine Gedanken nur noch um mich drehen."

Ich krallte mich an der Armlehne fest und erschauerte, sicher, dass gerade ein Miniorgasmus durch meinen Körper gerollt war. Mein Höschen war so feucht, dass ich vom Ledersitz gerutscht wäre, wenn mich die Absätze meiner Stiefel nicht im Sitz verankern würden.

Als Ethan an der Straßenseite zum Stehen kam, bebte mein ganzer Körper. Er stieg aus und lief ums Auto, um mir die Tür zu öffnen. Er sagte nichts. Genauso wenig wie ich. Auf der Veranda kämpfte ich mit dem Schlüssel, bis er mir schließlich aus der Hand rutschte. Ethan hob ihn auf, schob ihn ins Schloss und führte uns ins Foyer. Er hielt meine Hand, als wir die fünf Treppenabsätze hinter uns brachten und keiner von uns auch nur ein Wort sprach.

Ich drückte meine Wohnungstür auf und Ethan folgte mir hinein. Und wie auch schon bei den anderen Begebenheiten zeigte sich ein anderer Mann, sobald wir uns in einem geschlossenen Raum befanden. Ein Mann, der den Hunger, den er für mich hatte, kaum bändigen konnte. Ich wusste, dass ich nicht Nein sagen würde.

Mein Rücken prallte gegen die Wand und zwei

Sekunden später verlor ich den Boden unter den Füßen. Ethans Mund fand meinen, probte und erkundete.

„Wickel deine Beine um meine Hüfte", sagte er, als er den Griff um meinen Hintern verstärkte.

Ich machte, was er mir befahl. Gegen die Wand gepresst, meine Beine weit gespreizt, hingen meine lila Cowboy-Stiefel seitlich über seinen Hüften, als ich mich seiner Begierde ergab. Ich akzeptierte, dass Ethan diesen Teil von uns beherrschte – den Sex. Er hatte die Kontrolle, über meinen Körper, und ich sehnte mich viel zu sehr nach seiner Berührung, um Zweifel aufkommen zu lassen.

„Öffne die Hose und befreie meinen Schwanz."

Auch dieser Anweisung folgte ich. Seine Hüften zogen sich weit genug zurück, um mir den Zugang zu ermöglichen, aber sein Mund und seine Zunge ließen nicht von mir ab, als ich den Reißverschluss seiner Hose öffnete und seine Länge entblößte, die steinhart und samtweich in meine Handfläche fiel. Ich streichelte über sein Fleisch und saugte die kehligen Laute, die von ihm kamen, in mich auf.

Ethan schob seine Hand unter meinen Rock und seine Finger unter meinen Tanga. Er riss ihn entzwei, ließ das Material wie ein Gummiband schnappen, bevor er mich auf seiner enormen Erektion aufspießte. Ich schrie, als er mich füllte, so gedehnt von seiner Größe, dass die Wände meiner Pussy zuckten. Für einen Moment hielt er still, unsere Körper endlich vereint.

„Sieh mich an und wage es nicht, deinen Blick zu senken." Seine Finger krallten sich in meinem Arsch fest, bevor er anfing, immer wieder in mich einzudringen. Hart. Tief. Eine Bestrafung; aber das war mir egal. Genau das wollte ich von ihm, als ich in seine Augen schaute, die blaue Funken sprühten.

„Ethan!" Ich stöhnte und drückte mich gegen die Wand, als er mich fickte. Sein Schwanz nahm mich in Besitz. Ich hielt seinem Blick stand. Auch als ich spürte, wie sich der Druck in meinem Unterleib aufbaute und die Spitze seines Schwanzes die tiefgelegenste Stelle in mir erreichte, wandte ich meinen Blich nicht ab. Die Intimität war unbeschreiblich. Und auch wenn ich es wollte, hätte ich nicht wegsehen können. Meine Augen mussten geöffnet bleiben.

„Warum genau mache ich das, Brynne?", verlangte er zu wissen.

„Das weiß ich nicht, Ethan." Ich konnte kaum sprechen.

„Doch, das weißt du. Sag es, Brynne!" Mein Körper spannte sich an, als ein Orgasmus die Kontrolle über mich gewinnen wollte. In diesem Moment drosselte er das Tempo, verlangsamte die Stöße in mein weit gespreiztes Geschlecht.

„Was sagen?", schrie ich frustriert.

„Sag die Worte, die ich hören muss. Sag die Wahrheit und ich lasse dich kommen." Seine Bewegungen wurden immer langsamer und er knabberte mit seinen Zähnen an meiner nackten Schulter.

„Was ist die Wahrheit?" Ich fing an zu schluchzen, vollkommen seinem Willen unterlegen.

„Die Wahrheit ist", und er ächzte die nächsten Worte begleitet von harten, entschlossenen Stößen, „dass du mir gehörst!"

Der letzte Stoß ließ mich aufschreien.

Er zog das Tempo wieder an, fickte mich schneller. „Sag es!", knurrte er.

„Ich gehöre dir!"

In der Sekunde, in der die Worte über meine Lippen traten, fand sein Daumen meine Klitoris und entließ den Orgasmus, rollend und tosend, wie eine mächtige Welle, die auf den Strand zurollte. Wie eine Belohnung dafür, dass ich ihm gehorcht hatte. Ich schrie mit meinem Rücken gegen die Wand gepresst, während mich Ethan durch die allumfassende Lust hindurch noch immer hart rannahm.

Tief aus Ethans Brust bahnte sich ein Laut, der bei seiner Erlösung als Brüllen über seine Lippen kam. Seine Augen, die noch immer auf mich gerichtet waren, hatten etwas Erschreckendes an sich. Er stieß ein letztes Mal zu. Sobald er bis zum Anschlag in mir vergraben war, entließ er in pulsierenden Wellen seinen heißen Samen. Er presste seinen Mund auf meinen und küsste mich, die Bewegungen seiner Hüfte jetzt langsam und zärtlich, als sein Höhepunkt allmählich verebbte. Seine starken Arme hielten mich noch immer oben, auch wenn ich nicht wusste, wie er das fertigbrachte. Er küsste mich liebevoll, eine Geste so gegensätzlich zu dem sexbesessenen Irren, den ich noch vor wenigen Momenten erlebt hatte.

„Du bist", keuchte er, „mein."

Er stellte mich auf die Füße zurück, half mir, bis ich mein Gleichgewicht wiedergefunden hatte, bevor er mit harten Atemzügen aus mir herausglitt. Ich lehnte mich gegen die Wand. Während ich versuchte, wieder zu Atem zu kommen, beobachtete ich, wie Ethan seinen Schwanz in die Hose steckte und den Reißverschluss hochzog. Mein Rock fiel über meine Hüften. Wenn jetzt jemand in die Wohnung kommen würde, gäbe es keinen Hinweis darauf, dass wir uns gerade gegenseitig den Verstand herausgefickt hatten. Alles eine Illusion.

Ethan legte eine Hand auf meine Wange, bis er mich mit seinem Blick gefangen hielt. „Gute Nacht, mein wunderschönes, amerikanisches Mädchen. Schlaf gut und ich sehe dich dann morgen."

Er ließ seine Hand von meinem Gesicht zu meinen Lippen und dem Kinn gleiten, über meinen Hals und seitlich an meiner Brust vorbei. Der sehnsüchtige Blick sagte mir, dass er mich nicht verlassen wollte, aber ich wusste, dass er das würde. Ethan platzierte einen sanften Kuss auf meine Stirn. Er hielt kurz inne und atmete tief ein, als würde er meinen Duft in sich aufnehmen, bevor er die Wohnung durch meine Tür verließ.

Auch nachdem die Tür bereits ins Schloss gefallen war, bewegte ich mich nicht vom Fleck. Mein Körper summte noch immer nach dem Orgasmus, meine zerstörte Unterwäsche um meine Taille gewickelt, das warme Gefühl des Spermas, das sich langsam einen Pfad über meine Schenkelinnenseite suchte. Ich stand nur da und lauschte. Die Geräusche, die von den Schritten kamen, als er sich von meiner Tür entfernte, gefielen mir nicht. Kein bisschen.

KAPITEL 8

Während unserer Sitzungen schrieb Dr. Roswell immer in ein Notizbuch. Das erschien mir altmodisch. Allerdings war ich in England, und ihr Büro befand sich in einem Gebäude, das schon zu Zeiten von Thomas Jefferson und der Unterzeichnung der Unabhängigkeitserklärung in Philadelphia existiert hatte. Und sie benutzte tatsächlich einen Füllfederhalter, was mich beeindruckte.

Ich beobachtete ihren schönen türkis-goldenen Füller. Als ich ihr von Ethan erzählte, kratzte sie damit Wörter in ein Notizbuch. Dr. Roswell war eine großartige Zuhörerin. Natürlich war das auch alles, was sie machte. Ich fragte mich, wie sich unsere Sitzungen gestalten würden, wenn ich nichts zu erzählen hätte.

Hinter ihrem eleganten Schreibtisch im französischen Stil sitzend, definierte sie sich durch Professionalität und aufrichtiges Interesse. Wenn ich raten müsste, würde ich sagen, dass sie Anfang Fünfzig war. Mit ihrer schönen Haut und den weißen Haare wirkte sie nicht älter. Jedes Mal trug sie einzigartigen Schmuck und Bohemian-Outfits, durch die sie kultiviert und aufgeschlossen wirkte. Als ich nach London gezogen war, half mir mein Vater dabei, sie zu finden. Dr. Roswell hatte auf meiner Liste für Notwendiges gestanden – zusammen mit Essen, Kleidung und einem Dach über dem Kopf.

„Warum ist deine erste Reaktion gewesen, Ethan mitten in der Nacht zu verlassen?"

„Ich hatte Angst, dass er mich so sehen könnte."

„Aber das hat er doch." Sie schrieb etwas in ihr Buch. „Und so wie ich das verstanden habe, hat er doch versucht, dich zu trösten und zum Bleiben zu bewegen."

„Ich weiß, und genau das hat mir Angst gemacht. Dass er von mir hören wollte, warum ich diese Träume habe…" Das war mein größtes Problem. Dr. Roswell und ich hatten das bereits viele, viele Male diskutiert. Was würde ein Mann von mir denken, sobald er die Wahrheit erfuhr? „Er hat mich gefragt, ob ich darüber reden will. Ich habe *Nein* gesagt. Er ist so – so überwältigend. Ich weiß, dass es nur wenige Tage dauern wird, bis er mich wieder fragt."

„So definiert sich eine Beziehung, Brynne. Man teilt Dinge miteinander und hilft der anderen Person, um einander besser kennenzulernen, auch wenn es sich um unschöne Dinge dreht."

„So ist Ethan aber nicht. Er ist *immer* fordernd. Er will einfach *alles* von mir."

„Und was empfindest du, wenn er diese Dinge von dir verlangt oder will, dass du ihm *alles* gibst?"

„Es erschreckt mich, weil ich mich wundere, was

dann aus mir wird – aus Brynne." Ich atmete einmal tief ein und sprach die Worte aus. „Aber wenn ich bei ihm bin, wenn er mich berührt oder wir…intim miteinander sind, dann fühle ich mich sicher und wertgeschätzt; als wüsste ich genau, dass mir bei ihm nichts Schlimmes passieren kann. Ich kann es nicht erklären, Dr. Roswell, aber ich vertraue ihm."

„Glaubst du, dass deine Träume zurückgekehrt sind, weil du dich auf eine sexuelle Beziehung mit Ethan eingelassen hast?"

„Ja." Meine Stimme zitterte, und ich hasste es.

„Brynne, das ist bei Überlebenden von sexuellem Missbrauch völlig normal. Sex ist ein sehr intimer Akt, und es ist natürlich, dass sich eine Frau dabei verletzlich fühlt. Die Frau gibt dem Mann Zugang zu ihrem Körper. Er ist stärker und typischerweise dominanter. Eine Frau muss ihrem Partner vertrauen, denn sonst würde von uns wahrscheinlich nur ein kleiner Teil Geschlechtsverkehr praktizieren. Wenn wir dann noch deine Vergangenheit als Variable mit einbeziehen, könnte es gefährlich werden."

„Auch wenn man sich nicht daran erinnert?"

„Dein Verstand erinnert sich, Brynne. Die Ängste als du aufgewacht bist, der Verrat, sind dort verewigt." Wieder notierte sie etwas. „Würdest du gerne eine medizinische Behandlung probieren, um besser schlafen zu können? Vielleicht unterdrückt es die Nachtängste."

„Wird es funktionieren?" Meine Aufmerksamkeit war geweckt worden. Dieser Vorschlag klang zu gut, um wahr zu sein. Einfach eine Tablette einwerfen? Dass die Lösung so simpel sein könnte, führte bei mir zu nervösem Gelächter. Der Gedanke, dass ich die ganze Nacht mit ihm verbringen könnte… oder er mit mir, ließ mich hoffen.

Jedenfalls wenn Ethan noch immer versuchen wollte, mit mir in einem Bett zu schlafen. Schließlich erinnerte ich mich ganz genau an gestern Abend, als er meine Wohnung nach der verrückten *gegen-die-Wand*-Akrobatik verlassen hatte, und wie wenig mir diese Tatsache gefallen hatte. Ich wusste nicht mehr wohin mit meinen Emotionen. Ein Teil von mir wollte ihn und der andere Teil hatte Angst vor ihm. Ich hatte wirklich keine Ahnung, was in der Zukunft aus uns werden sollte. *Er hat dich sagen lassen, dass du ihm gehörst.*

Dr. Roswell lächelte mich an. „Das werden wir erst wissen, wenn wir es ausprobiert haben, meine Liebe. Mut ist der erste Schritt, und das Medikament ist lediglich ein Werkzeug, damit du weitere Schritte gehen kannst, bis du deinen Weg bis zum Ende gegangen bist. Nicht immer müssen Lösungen kompliziert sein." Sie griff nach ihrem Rezeptblock.

„Vielen, vielen Dank –" Mein Handy fing in meiner Tasche zu vibrieren an. Ich checkte es und sah, dass es eine Nachricht von Ethan war. „Ethan ist hier. Er steht an der Rezeption. Wir haben uns darauf geeinigt, dass er mich vor unserem gemeinsamen Abendessen hier abholt. Er meinte, dass er mit mir über ein *Uns* sprechen möchte."

„Es ist immer gut, wenn in einer Beziehung Kommunikation eine wichtige Rolle spielt. Die Ehrlichkeit und das Vertrauen, die du jetzt willig bist zu geben, werden es im späteren Verlauf erleichtern, die Gegensätze zu beseitigen." Sie händigte mir das Rezept. „Ich würde ihn gerne kennenlernen, Brynne."

„Jetzt?" Die Nervosität machte sich in mir breit.

„Warum nicht? Ich bringe dich raus und lerne deinen Ethan kennen. Es hilft mir ungemein, wenn ich bei unseren Sitzungen den Gesichtern Namen zuordnen kann."

„Oh… okay", sagte ich und erhob mich von dem bequemen, blumenbedruckten Chintz-Stuhl, „aber er ist nicht wirklich *mein* Ethan, Dr. Roswell."

„Das werden wir noch sehen", sagte sie, als sie behutsam meine Schulter tätschelte.

Als ich ihn sah, stockte mir der Atem. Er betrachtete die Kunstwerke an den Wänden, während er auf mich wartete. Seine Position erinnerte mich an den Moment, in dem er mein Aktbild gesehen und sofort in seinem Besitz haben wollte. So sehr, dass er es hatte kaufen müssen.

Ethan drehte sich um, als wir in den Rezeptionsbereich traten. Seine blauen Augen funkelten, sein Mund formte sich zu einem sanften Lächeln, als er auf mich zu kam. Mein Herz wurde von Erleichterung durchströmt. Ethan wirkte glücklich, als er mich sah.

„Ethan, das ist meine Therapeutin, Dr. Roswell. Dr. Roswell, darf ich vorstellen, Ethan Blackstone, mein –"

„Brynnes fester Freund", unterbrach er mich wieder einmal. Ethan streckte seine Hand aus und Dr. Roswell akzeptierte diese. Wahrscheinlich schenkte er ihr gerade ein Lächeln, das ihr Höschen in Brand setzte. Als die beiden Höflichkeiten austauschten, sah ich ihre Reaktion auf Ethan. Ich musste zugeben, dass es mehr als befriedigend war, dass keine Frau, egal wie alt sie auch war, gegen diese Art von männlicher Schönheit immun zu sein schien. Ich machte eine mentale Notiz, dies in einer zukünftigen Sitzung einzusetzen. *Also, Dr. Roswell, du denkst also auch, dass Ethan verdammt heiß ist, oder?*

„Fester Freund?", fragte ich. Mit meiner Hand in seiner führte er mich zu seinem Auto.

„Ich bin eben ein Optimist, Baby." Er grinste mich an und hob unsere verwobenen Hände zu seinem Mund. Dann küsste er meine Hand, bevor er mir in den Rover half.

„Das sehe ich", teilte ich ihm mit. „Wohin bringst du mich und warum kannst du nicht aufhören zu lächeln?"

Er lehnte sich zu mir und kam mit seinen Lippen ganz nah an meine, berührte mich aber nicht. „Ich bin immer am Lächeln, wenn ich bekomme, was ich will." Er drückte mir einen züchtigen Kuss auf, bevor er sich wieder zurückzog.

„Seit wann bekommst du denn *nicht*, was du willst? Du bist die forderndste Person, die ich jemals kennengelernt habe." Ich linderte den anklagenden Ton mit einem kleinen Lächeln.

„Sei vorsichtig, Baby. Du hast keine Ahnung, was ich alles mit dir anstellen möchte." Seine Augen verdunkelten sich.

Ich ließ es zu, dass sich die sinnliche Drohung zwischen uns entfaltete und versuchte, meine Atmung unter Kontrolle zu bekommen. „Du machst mir ein wenig Angst, wenn du solche Sachen sagst."

„Ich weiß." Mit den Fingerspitzen unter meinem Kinn zog er mich in die Richtung seines Mundes, um mich erneut zu küssen. Dieses Mal knabberte er an meiner Unterlippe, betörte mich. „Deswegen gehen wir es langsam an. Auf keinen Fall möchte ich dir Angst machen." Seine Lippen waren mir so nah, aber er berührte mich nicht. Stattdessen versuchte er aus mir schlau zu werden. „Ist dir klar, dass dies unser erstes Date ist, bei dem ich dich nicht mit allen Mitteln dazu bringen musste, dich mit mir zu treffen? Das gibt mir Hoffnung, weißt du?" Er schenkte mir einen letzten Kuss. Dann lehnte er sich zurück, um den Schlüssel ins Zündschloss zu stecken. „Und das, Miss Bennett, muss der Grund dafür sein, dass ich nicht aufhören kann zu lächeln." Jetzt funkelten seine blauen Augen amüsiert.

„Das klingt nach einer fairen Antwort, Mr. Blackstone. Damit kann ich leben." Er half mir mit dem Gurt und fuhr dann vom Parkplatz. Ich machte es mir in dem weichen Ledersitz bequem und atmete seinen Duft ein, während ich ihm erlaubte, mich an einen unbekannten Ort zu bringen. Im Moment vertraute ich einfach darauf, dass alles in Ordnung kommen würde.

„DR. Roswell scheint zu wissen, was sie tut", sagte Ethan beiläufig, als er mir Wein nachschenkte. „Wie lange bist du bereits ihre Patientin?"

Ich fand seinen Blick und bereitete mich mental vor. *Es ist soweit; wie wirst du nun damit umgehen?* Ich wies mich an, ruhig zu atmen. „Fast vier Jahre. Seitdem ich hergezogen bin."

„Hast du dich heute wegen der Sache mit ihr getroffen, die zwischen uns passiert ist?"

„Falls du damit die Sache meinst, dass ich mit einem völlig Fremden nach Hause gegangen bin und ihm jedes Mal erlaube, mich zu ficken, sobald wir uns sehen, dann ja; das ist ein Teil davon." Ich nahm einen weiteren Schluck von meinem Wein.

Sein Kiefer zuckte, aber sein Gesichtsausdruck änderte sich nicht, als er seine nächste Frage stellte. „Und dass du mitten in der Nacht verschwunden bist – ist das auch ein Teil davon?"

Mein Blick senkte sich auf meinen Schoß und ich nickte. Mehr konnte ich nicht tun.

„Was hat dich so verletzt, Brynne?" Er stellte die Frage so behutsam, dass ich für eine Sekunde überlegte, ihm doch alles zu erzählen. Aber dazu war ich noch nicht annähernd bereit.

Ich legte meine Gabel hin und wusste, dass ich mit meinen Fettuccine mit Garnelen fertig war. Das Thema Vergangenheit mit dem Thema Essen zusammenzubringen, war niemals eine gute Idee. „Etwas Schlimmes", sagte ich, bevor ich ihm wieder in die Augen sehen konnte.

„Das kann ich sehen. Ich habe dein Gesicht gesehen, als du aus dem Albtraum aufgewacht bist." Er sah auf meinen Teller voll Essen, das ich von mir geschoben hatte, und dann wieder zu mir. „Was am Ende dieser Nacht passiert ist, tut mir leid. Ich habe dir nicht zugehört." Er streckte seine Hand aus und rieb mit dem Daumen über meinen Handrücken. „Ich möchte einfach nur, dass du weißt, dass du mir vertrauen kannst. Ich hoffe, das weißt du. Ich will mit dir zusammen sein, Brynne."

„Du willst eine Beziehung, oder?" Ich starrte seinen Daumen an, der jetzt über meine Fingerknöchel rieb. „Du hast Dr. Roswell erzählt, dass du mein fester Freund wärst."

„Das habe ich, ja. Und ich will dich, Brynne. Ich will eine Beziehung." Seine Stimme wurde bestimmter. „Sieh mich an."

Sofort hob ich meinen Kopf, sein gutes Aussehen im starken Kontrast zu dem Meer aus weißen Tischdecken hinter ihm. „Obwohl ich so bin, wie ich bin, Ethan?"

„So wie du bist, bist du perfekt."

Ich zog meine Hand aus seinem Griff. Ich musste ein wenig Kraft anwenden, bevor er mich losließ. So typisch für Ethan. Er wollte immer, dass es nach seinem Willen ging, aber er erlaubte mir, seine Hand umzudrehen. Ich zeichnete seine Lebenslinie nach, dann seine Herzlinie, und fragte mich, ob meine Linien es wert waren, gerettet zu werden.

„Das bin ich nicht, Ethan. Ich und perfekt gehören nicht in denselben Satz." Meine Worte richtete ich an seine Hand.

„Die richtige Ausdrucksweise wäre eigentlich: *Perfekt und ich*", sagte er wissend. „Allerdings bin ich völlig anderer Meinung, meine amerikanische Schönheit mit dem sexy Akzent."

Wieder fand ich seinen Blick. „Du bist so kontrollierend. Aber du schaffst es, die Kontrolle auf eine Art und Weise an dich zu reißen, durch die ich mich… sicher fühle."

„Das ist mir aufgefallen. Und diese Tatsache führt dazu, dass ich dich noch verzweifelter will. Aber das ist auch der Grund, warum du mir vertrauen solltest, warum du mir erlauben solltest, auf dich aufzupassen. Ich weiß, was du brauchst, Brynne, und ich kann es dir geben. Ich möchte einfach nur wissen – ich muss wissen, ob auch du mit mir zusammen sein willst."

Der Kellner kam an unseren Tisch. „Sind Sie fertig, Madame?", fragte er. Ethan wirkte genervt, als ich dem Kellner sagte, dass er meinen Teller abräumen könnte und eine Tasse Kaffee bestellte.

„Du hast kaum etwas gegessen." Auch seinem Ton konnte ich anhören, dass ihm das nicht gefiel.

„Ich hatte genug. Ich war nicht besonders hungrig." Ich nahm einen Schluck von meinem Wein. „Du willst mich also als deine Freundin haben; dass ich meine Kontrolle an dich abtrete und darauf vertraue, dass du mir nicht wehtun wirst. Ist es das, was du willst, Ethan?"

„Ja, Brynne. Das ist genau, was ich will."

„Aber es gibt so viel, das du nicht über mich weißt. Dinge, die ich von dir nicht weiß."

„Wenn du bereit bist, wirst du mir alles anvertrauen und ich werde da sein, um dir zuzuhören. Ich will einfach alles über dich erfahren und falls du irgendetwas über mich wissen willst, musst du nur fragen."

„Was wäre, wenn ich in manchen Situationen nicht meine Kontrolle an dich abtreten möchte, Ethan, oder ich das einfach nicht kann?"

„Dann wirst du mich das wissen lassen. Wir werden das genau besprechen, und wir müssen gegenseitig die gesetzten Grenzen respektieren."

„Okay."

Er neigte seinen Kopf und sprach mit sanfter Stimme. „Ich sehne mich gerade so verzweifelt nach dir. Ich will dich mit zu mir nehmen, dich in mein Bett legen und dich über viele Stunden hinweg in meiner Nähe wissen, und in dieser Zeit würde ich all die Dinge mit dir anstellen, nach denen es mir verlangt. Ich will dich auch am darauffolgenden Morgen neben mir haben, damit ich dich kommen und meinen Namen schreien lassen kann, sobald wir aufwachen. Ich will dich zur Arbeit fahren und wieder abholen, wenn du Feierabend hast. Ich will mit dir Nahrungsmittel einkaufen gehen, damit wir zusammen Abendessen kochen können. Ich möchte irgendeine bescheuerte Fernsehsendung mit dir schauen und dass du gegen meinen Körper gepresst auf der Couch einschläfst, nur damit ich dich beim Schlafen beobachten und deinen Atemzügen lauschen kann."

„Oh, Ethan…"

Mein Kaffee wurde gebracht und ich wollte dem Kellner eine runterhauen, weil er diese wundervolle Ansprache unterbrochen hatte. Ich beschäftigte meine Hände, in dem ich Zucker und Milch in die Tasse kippte. Ich nahm einen Schluck und versuchte, die richtigen Worte zu finden. Um ehrlich zu sein, war ich bereits vollkommen von ihm eingenommen. Er hatte mich am Haken. Ich wollte all diese Dinge mit Ethan; ich war mir nur nicht sicher, dass ich ihn überleben würde.

„Zu viel? Verschrecke ich dich?"

Ich schüttelte meinen Kopf. „Nein. Das klang sehr nett. Du solltest aber wissen, dass ich etwas Derartiges zuvor noch nie hatte. Ich war noch nie in einer Beziehung, wie du sie gerade beschrieben hast, Ethan."

Er grinste. „Das stellt für mich kein Problem dar, Baby. Ich will dein Erster sein." Er zog eine Augenbraue hoch, was eindeutig eine sexuelle Anspielung sein sollte. In mir löste diese Geste das Verlangen aus, heute Nacht mit ihm nach Hause zu gehen und unsere Vereinbarung mit Sex zu besiegeln. „Aber ich will, dass du heute Nacht über meine Worte nachdenkst, bevor du mir deine Entscheidung mitteilst. Und was du wissen solltest: Ich bin sehr besitzergreifend, wenn es um mein Eigentum geht."

„Tatsächlich?" Der Sarkasmus rollte über meine Zunge. „Das hätte ich nach der letzten Nacht in meiner Wohnung wirklich überhaupt nicht vermutet."

„Für den Tonfall müsste ich deinem hinreißenden Arsch eigentlich das Spanking des Jahrhunderts verpassen." Er zwinkerte mir zu. „Ich kann einfach nicht anders. So fühle ich eben, wenn es um dich geht, Brynne. In meiner Vorstellung gehörst du bereits mir, und so ist das seit dem Moment, in dem ich dich das erste Mal erblickt habe." Er seufzte auf der anderen Seite des Tisches. „Also werde ich mich dieses Mal beherrschen, dich in deine Wohnung bringen, damit du schlafen kannst, und dir an der Tür einen Abschiedskuss geben, während ich geduldig darauf warte, dass du mir deine Zustimmung gibst." Er ließ den Kellner wissen, dass er die Rechnung möchte. „Können wir los?"

Bei dem Bild, das sich in meinem Kopf breitmachte, musste ich kichern.

„Lachst du mich etwa aus, Miss Bennett? Erzähl mir mehr davon."

„Die Vorstellung, Mr. Blackstone, dass du mir ein Spanking geben willst, während du versuchst, den Gentleman zu mimen, der mir an der Tür lediglich einen Abschiedskuss geben will, ist schon irgendwie amüsant."

Er stöhnte und rutschte auf dem Stuhl herum. Ich war mir ziemlich sicher, dass er eine beeindruckende Erektion zurechtrücken musste. „Wenn mein Auto heute in deiner Straße ankommt, wirst du die Zeugin eines Wunders gewesen sein."

ETHAN hielt sein Wort. Er wünschte mir an der Tür eine gute Nacht. Seine Hände hatten sich ein paar Freiheiten gestattet und ich hatte eine gute Idee davon bekommen, was er hinter seinem Reißverschluss verborgen hielt. Aber wie versprochen, setzte er mich nur ab und er schaffte es auch, sich nach ein paar leidenschaftlichen Küssen von mir loszureißen.

Nach einer heißen Dusche machte ich mich fürs Bett fertig und zog mein weichstes Schlafshirt an. Es hatte ein Abbild von Jimi Hendrix auf der Vorderseite – das Bild, in dem er im Garten saß, ein Tisch für den nachmittäglichen Tee gedeckt. Es galt als das letzte Foto, das von ihm gemacht worden war. Ich liebte solche Dinge, und ich liebte Jimi, also hatte ich es sehr oft an.

Mit der Entscheidung meinen *festen Freund* etwas genauer zu beleuchten, machte ich meinen Laptop in der Mitte des Bettes an und googelte den Namen, den ich auf seinem Führerschein lesen konnte, als er ihn mir vor die Nase gehalten hatte: *Ethan James Blackstone.*

Es wurde nicht wirklich viel angezeigt. Er hatte eine Wikipedia-Seite und einige Links, die auf die Blackstone Security Webseite führten. Wikipedia überraschte mich allerdings. Ethan war vor allem als Pokerspieler bekannt, bei denen die Summen ins Unermessliche steigen. Er hatte vor sechs Jahren in Las Vegas eine Weltmeisterschaft gewonnen. Zu dieser Zeit war er erst sechsundzwanzig gewesen. Viel Geld. Genug, um ein Unternehmen zu gründen. Und mit seinem Special Forces Hintergrund im Militär hatte er wohl seine Nische gefunden. Er musste also jetzt um die zweiunddreißig Jahre alt sein. Das rechnete ich schnell aus: Fast acht Jahre älter als ich.

Google zeigte ein paar Bilder von ihm, die ihn zumeist bei seinem großen Pokergewinn zeigten. Ich müsste meinen Dad fragen, ob ihm der Name Ethan Blackstone bekannt vorkam. Er liebte Pokerturniere und spielte auch noch hin und wieder.

Ich scrollte weiter durch die Seiten mit den Bildern

und stoppte jedes Mal, wenn ich ein Bild mit ihm fand. Es gab ein Foto von ihm mit dem Premierminister und der Queen. *Meine Fresse*... Der italienische Premierminister und der französische Präsident? Ich fühlte die kribbelnden Schauer, die über meine Wirbelsäule jagten. War Ethan sowas wie ein James Bond oder so? Was für eine Art von Security bot er den bitte an? Wenn das die Leute waren, die er beschützte, dann hatte er wirklich hochrangige Kunden. Ich war beeindruckt. Ich machte mir eine mentale Notiz, dass ich Gabrielles Vater fragen würde, ob er bereits von Ethan gehört hatte, sobald ich ihn das nächste Mal sah. Ihr Vater gehörte zur Londoner Polizei, und falls jemand Bescheid wusste, dann war das Rob Hargreave.

Außerdem war mir aufgefallen, dass ich kein einziges Foto von Ethan mit einer Frau gefunden hatte. Ich fragte mich, ob er die nötigen Beziehungen hatte, um Dinge dieser Art von der Bildfläche verschwinden zu lassen. Auf keinen Fall lebte dieser Mann das Leben eines Mönchs, schließlich strömte er puren Sex aus. Wenn er die Wahrheit darüber sagte, dass er keine Frauen mit zu sich nach Hause brachte, wohin brachte er sie dann, um Sex zu haben? Ätzend, darüber wollte ich nun wirklich nicht nachdenken.

Ich schaltete meinen Computer und das Licht aus, bevor ich unter die Bettdecke kroch. Ich zog seine lilafarbene Krawatte unter dem Kissen hervor und hielt sie an meine Nase. Der tröstende Duft überkam mich sofort. Jetzt fühlte ich mich noch unbedeutender als zuvor. Ich musste mich schon wundern, wie ich einem Mann wie ihm ins Auge gefallen war. Nur durch das Foto in der Galerie? Dies schien doch sehr unwahrscheinlich.

Ich versuchte meine Ängste zu unterdrücken und an das Angebot zu denken, das er mir heute Abend gemacht hatte. Ich erinnerte mich, wie gut es sich anfühlte, mit ihm zusammen zu sein und wie er es schaffte, während dem Sex meinen Körper in Flammen zu setzen. Mit Ethan musste ich mir über erschreckende und hinterhältige Dinge keine Sorgen machen. Er war schließlich brutal ehrlich. Er war dominant, sicher. Aber das mochte ich. In einem Bereich meines Lebens, in dem ich kein großes Selbstvertrauen besaß, nahm er mir durch seine Art den Druck von den Schultern. Ich wollte ihn; aber ich wusste nicht, ob er mich noch wollen würde, sobald er meine ganze Geschichte kannte.

KAPITEL 9

Die Waterloo Bridge verschaffte mir am darauffolgenden Morgen wieder einen klaren Kopf. Danach kam ich zu Hause an und wurde von dem himmlischen Kaffeeduft willkommen geheißen, der von meiner Mitbewohnerin aufgesetzt worden war. Erst eine halbe Stunde später sah ich Gaby, als ich mich bereits auf dem Weg zur Tür befand.

„Gehst du am zehnten zu der Mallerton-Ausstellung?", fragte sie.

„Würde ich gern. Ich konserviere gerade eines von seinen Gemälden. Es heißt *Lady Percival*. Ich habe gehofft, dass ich vielleicht mehr über ihre Herkunft herausbekomme. Sie hat Hitzeschäden erlitten, und die haben den Lack über den Titel ihres Buches schmelzen lassen, das sie in den Händen hält. Ich möchte wirklich wissen, was für ein Buch das ist. Ein Geheimnis, das ich aufdecken muss."

„Wuhuu!" Sie klatschte in die Hände und hüpfte auf und ab. „Es ist seine Geburtstagsausstellung."

Ich gab vor, meine Finger zum Zählen zu benutzen. „Mal sehen. Sir Tristan würde dieses Jahr zweihundertachtundzwanzig werden?"

„Zweihundertsiebenundzwanzig um genau zu sein." Gabrielle steckte mitten in ihrer Masterarbeit, und ihr Thema drehte sich um den romantischen Maler Tristan Mallerton. Wenn es also eine Veranstaltung über ihn gab, stand Gaby immer in der ersten Reihe.

„Okay, um ein Jahr daneben. Gar nicht so schlecht."

Sie hatte ein breites Lächeln im Gesicht, entblößte perfekte, weiße Zähne und volle Lippen. Ich fragte mich deswegen immer, warum sie nicht diejenige war, die als Model arbeitete. Die roten Highlights in ihren dunklen Haaren zusammen mit ihrem olivfarbenen Hautton verliehen ihr ein exotisches Aussehen. Die Männer fielen ihr zu Füßen; aber meine Mitbewohnerin zeigte nie Interesse. In dieser Sache war sie mir sehr ähnlich. Jedenfalls bis Ethan um die Ecke kam und in meine zurückgezogene Existenz eingefallen war.

„Lass uns zusammen gehen – eine besondere Nacht daraus machen. Ich will aber ein neues Kleid. Hast du Interesse an einer Shopping-Expedition?" Gaby sah nicht nur aufgeregt aus, sie klang auch so. Deshalb war es mir schlichtweg unmöglich mit Nein zu antworten.

„Klingt nach einem Plan, Gab. Ich brauche etwas Ablenkung von meinem neuerdings so komplizierten Leben." Ich neigte meinen Kopf und formte mit den Lippen das Wort: „Ethan".

Gaby betrachtete mich ganz genau, als sie ihre Arme verschränkte. „Was genau ist denn zwischen euch beiden gelaufen?"

„Er will eine Beziehung. Also, eine richtige, bei der wir bei dem jeweils anderen übernachten, zusammen kochen und Fernsehen schauen."

„Vergiss den vielen heißen und orgasmischen Sex nicht", fügte Gaby hinzu und breitete dann ihre Arme aus. „Komm her. Du siehst aus, als würdest du eine Umarmung nötig haben."

Ich ließ mich in ihre Arme fallen und krallte mich an meiner Freundin fest. „Ich habe Angst, Gab", flüsterte ich an ihrem Ohr.

„Ich weiß, Süße. Aber ich habe dich mit ihm gesehen. Ich habe gesehen, wie er dich ansieht. Vielleicht ist er der Richtige. Du wirst es niemals erfahren, wenn du es nicht probierst." Sie berührte meine Wange. „Ich freue mich für dich, und ich denke, dass du dich in diesem Fall einfach fallen lassen musst. Bisher steht Mr. Blackstone auf meiner guten Liste. Falls sich daran etwas ändern oder er auch nur ein samtweiches Haar auf deinem unschuldigen Köpfchen verletzen sollte, werde ich die Eier von diesem hübschen Jungen in Klick-Klack-Kugeln umfunktionieren. Richte ihm bitte aus, dass ich das gesagt habe."

„Gott, wie sehr ich dich doch liebe, Weib!" Ich lachte und machte mich auf dem Weg zu meinem Seminar, während ich darüber nachdachte, wie ich Ethan meine Entscheidung überbringen sollte.

Drei Stunden später schickte er mir eine Nachricht:

Ethan Blackstone: <--- vermisst Brynne. Wann werde ich dich wiedersehen?

Ich lächelte, als ich die Worte las. Er vermisste mich und hatte keine Angst, das auch auszusprechen. Ethans direkte Art half dabei, meine Nerven zu beruhigen und die

Ängste im Hinblick auf eine Beziehung auszulöschen. Ich sammelte allen Mut zusammen und antwortete:

Brynne Bennett: <--- ist am ☺ Sehr bald, wenn du nicht gerade beschäftigt bist. Darf ich dich in deinem Büro besuchen kommen?

Mein Handy meldete nur eine Sekunde später eine hereinkommende Nachricht an, in der ich ein enthusiastisches *JA* lesen konnte, zusammen mit Anweisungen, damit ich sein Büro finden würde, welchen Fahrstuhl ich nehmen sollte und dem Plan, dass er mir Mittagessen besorgen würde. Typischer Modus Operandi für meinen Ethan. *Habe ich gerade ,mein Ethan' gesagt?* Dass ich das hatte, realisierte ich, als ich die Treppen der Tube runterlief.

Ich wollte noch einen Zwischenstopp bei der Apotheke einlegen, um mein Rezept einzulösen. Also verließ ich die Tube zwei Stationen später, nahm die Treppen zur Straße hoch und ging für mein Rezept zu *Boots*. Ich schnappte mir ein Körbchen und sah mich um, während ich darauf wartete, dass mein Rezept bearbeitet wurde. Eine Idee kam mir in den Sinn und ich setzte sie um, zog Artikel aus den Regalen und warf sie in meinen Korb.

In der Schlange an der Kasse fiel mir ein großer Kerl auf, der hinter mir stand und nur eine Wasserflasche bezahlen wollte. Na ja, eigentlich bemerkte ich seine Tattoos. Er hatte eine Schönheit auf seinem Unterarm – eine perfekte Interpretation von Jimi Hendrixs Unterschrift, die große Schlaufe bei dem J so beeindruckend genau, als hätte es Jimi selbst gestochen. „Tolles Tattoo", sagte ich zu ihm, während ich gleichzeitig bemerkte, wie riesig er war. Mindestens einsfünfundneunzig reine Muskelmasse, mit kurzen, stacheligen weiß-blonden Haaren und einem Gesicht, das Selbstbewusstsein ausstrahlte. Das war ein Typ, mit dem man sich nicht anlegte.

„Danke." Seine Augen, die man schon fast als Schwarz bezeichnen könnte, wurden ein wenig sanfter, bevor er fragte: „Bist du ein Fan?"

Ich konnte es nicht erklären, aber sein britischer Akzent tröstete mich, obwohl das so im Kontrast zu seinem körperlichen Erscheinungsbild stand. „Ein riesiger Fan", antwortete ich mit einem Lächeln, bevor ich aus dem Laden ging und wieder den Weg in die Tube fand.

Sobald ich saß, holte ich meinen iPod raus. Die nutzte die Zeit, um Jimi zu hören. Und währenddessen konnte ich mir überlegen, welche Antwort ich Ethan geben wollte.

Blackstone Security befand sich in Bishopsgate, im Zentrum von London mit all den anderen Wolkenkratzern. Das stellte für mich allerdings keine Überraschung dar, als ich mir Ethan hinter einem Schreibtisch vorstellte – in einem sexy Anzug und mit seinem berauschenden Duft. An der Liverpool Street Station stieg ich aus und ging die Treppen hoch, um zum Bürgersteig zu gelangen. Ich stolperte bei einer Erhebung in der Betonstufe und griff hastig nach dem Geländer. Meine Knie wurden verschont, aber der Inhalt meiner Einkaufstüte hatte sich vor meinen Füßen entleert. Ich fluchte leise. Dann beugte ich mich vor, um meine Sachen aufzuheben. Plötzlich trat derselbe Kerl in mein Blickfeld, den ich bereits im *Boots* auf das Hendrix-Tattoo angesprochen hatte.

Er half mir auf effiziente Weise und gab mir dann

den Beutel. „Immer schön vorsichtig", sagte er sanft, bevor er die Treppen hochstieg.

„Dankeschön", rief ich ihm hinterher, während ich erneut seinen muskelbepackten Rücken unter dem schwarzen Hemd bemerkte. Ich war gerade erst aus dem Treppenhaus heraus, als mein Handy wie wild vibrierte.

Ethan Blackstone: <--- macht sich Sorgen. Wo bist du?

Ich musste bei seiner Aufmerksamkeit zum Detail lächeln… als wäre das ganze Leben in Zeitabschnitte eingeteilt. Ich antwortete:

Brynne Bennett: <--- ist fast da. Geduld!!

Die Schrifttafel in der Lobby teilte mir mit, dass ich Blackstone Security International in den Stockwerken vierzig bis vierundvierzig finden würde. Ethan hatte mir jedoch gesagt, dass sich sein Büro im vierundvierzigsten Stock befand. Ich lief zum Sicherheitsmann und teilte ihm meinen Namen mit. Die Wache schenkte mir ein kleines Lächeln und gab mir einen Stift, um mich ins Gästebuch einzutragen. „Mr. Blackstone erwartet Sie bereits, Miss Bennett. Folgen Sie mir bitte. Ich werde Ihnen einen Ausweis anfertigen, mit dem Sie bei zukünftigen Besuchen einfach durchlaufen können."

„Oh… okay." Ich ließ den Mann seine Arbeit machen und wenige Minuten später machte ich mich mit meinem ganz persönlichen Blackstone Security Pass auf den Weg in den vierundvierzigsten Stock. Je näher ich meinem Ziel kam, desto schneller schlug mein Herz. Ich schluckte schwer und zupfte an meiner schwarzen Lederjacke herum. Der schwarze Rock und die roten Stiefel, die ich passend dazu trug, waren wirklich nicht billig gewesen, aber für das geschäftliche Treiben in einem

Unternehmen war es nun auch nicht gerade das passende. Ich fühlte mich gehemmt und hoffte, dass mich niemand anstarren würde. Das hasste ich.

Mit meiner Handtasche über der Schulter und meiner Einkaufstasche von *Boots* in meiner Hand stieg ich aus dem Fahrstuhl, nur um mich in einem sehr schicken und modernen Bereich wiederzufinden. An den Wänden hingen schwarz-weiß gerahmte Fotografien, die architektonische Wunder aus aller Welt abbildeten. Große Glasfenster gaben den Blick auf die Stadt frei und eine sehr hübsche, rothaarige Rezeptionistin saß hinter einem Schreibtisch.

„Mein Name ist Brynne Bennett. Ich bin hier, um Mr. Blackstone zu besuchen."

Sie sah mich prüfend an, bevor sie aufstand. „Oh, er erwartet Sie bereits, Miss Bennett. Ich bringe Sie direkt zu seinem Büro." Sie lächelte, als sie mir die Tür aufhielt. „Ich hoffe, dass Sie Chinesisch mögen."

Ich folgte ihr und ignorierte ihren Kommentar. Nicht, weil ich nicht antworten wollte, sondern weil uns einfach alle beobachteten. Jeder Kopf an jedem Arbeitsplatz hatte sich uns zugedreht, um uns anzustarren. Ich wünschte mir, dass mich der Erdboden verschlucken würde. Aber natürlich erst, nachdem ich Ethan umgebracht hätte. Was zur Hölle hatte er getan? Hatte er eine E-Mail über den Verteiler geschickt, dass seine *Freundin* auf dem Weg war, um ihm im Büro einen Blowjob zu geben? Ich fühlte, wie ich errötete, als ich der bezaubernden Rezeptionistin folgte. Sie trug, wie mir aufgefallen war, an der linken Hand einen Verlobungsring. Das bemerkte ich wahrscheinlich nur, weil ich meinen Kopf gesenkt ließ, um mich nicht den starrenden Gesichtern zu stellen. „Wow, das Begrüßungskomitee ist ja wirklich beeindruckend", murmelte ich.

„Keine Bange. Die sind einfach nur neugierig, wem es gelungen ist, die Aufmerksamkeit vom Boss auf sich zu ziehen. Das ist alles. Ich heiße übrigens Elaina."

„Brynne", sagte ich. Sie hielt an und klopfte an eine prachtvolle Doppeltür aus Ebenholz, bevor sie eintrat.

„Und das ist Frances, Mr. Blackstones Assistentin. Frances, Miss Bennett ist jetzt hier."

„Ich danke dir, Elaina." Frances lächelte und wandte sich dann mir zu. „Miss Bennett, es ist mir eine Freude, dich kennenzulernen." Sie hielt mir ihre Hand hin und dann begrüßten wir uns. Ich fragte mich, ob es sehr schlimm war, die Tatsache zu mögen, dass Ethans persönliche Assistentin älter als meine Mutter und ein Fan von Polyesteranzügen war. Mein unsicheres Gefühl verflüchtigte sich etwas, als ich Frances' Lächeln erwiderte. Als sie auf ein zweites Paar Türen zeigte, machte sie das auf eine freundliche und selbstbewusste Art und Weise. „Bitte geh hinein, meine Liebe. Er wartet schon ungeduldig auf dich."

Ich öffnete die Tür mit Leichtigkeit. Obwohl es zuerst so aussah, als würde ich mein ganzes Körpergewicht einsetzen müssen, hätte ich sie mit dem kleinen Finger aufdrücken können. Ich flüchtete in Ethans Büro, machte die Tür hinter mir zu und ließ mich dagegenfallen. Ich suchte ihn mit geschlossenen Augen und fand ihn mit meinem Geruchssinn.

„Richtig. Mach so weiter. Ja. Ich will stündlich einen Bericht auf dem Tisch liegen haben, wenn du im Einsatz bist. Protokolliere…" Er war am Telefon. Ich öffnete meine Augen und beobachtete ihn von der Tür aus, gegen die ich mich noch immer lehnte. So selbstbewusst und wunderschön, in seinem dunkelgrauen Nadelstreifenanzug und, man mochte es kaum glauben, einer neuen violettfarbenen Krawatte! Diese war so dunkel, dass sie beinahe als Schwarz hätte durchgehen können – aber meine Güte! Sie stand ihm ausgesprochen gut! Er beendete den Anruf und fand mich mit seinem Blick. An meinem Rücken konnte ich fühlen, wie die Tür abgeschlossen wurde. Er grinste, eine Augenbraue nach oben gezogen. Ich erwiderte sein Grinsen mit einem wütenden Blick meinerseits.

„All diese Leute, die mich angestarrt haben, Ethan! Was hast du getan? Eine Rundmail an das ganze verfluchte Büro geschickt?"

„Komm zu mir und setz dich auf meinen Schoß." Er drückte sich vom Schreibtisch weg und machte Platz für mich. Keine Reaktion auf meine Anschuldigung. Einfach nur eine selbstbewusste Anordnung aus seinem hinreißenden Mund, dass ich sofort zu ihm kommen sollte.

Na ja, das tat ich. Ich marschierte in meinen roten Stiefeln zu ihm und machte es mir auf seinem Schoß bequem. Er legte seine Arme um mich und zog mich an seinen Körper, um mir einen Kuss zu geben. Das verbesserte natürlich meine Stimmung.

„Es wäre möglich, dass mir dein Besuch bei ein paar Leuten rausgerutscht ist." Er schob eine Hand meinen Schenkel hoch und unter meinen Rock, und seine Berührungen machten mich heiß. „Sei mir nicht böse. Du hast ewig gebraucht, um zu mir zu kommen, und ich musste immer wieder bei Elaina nachfragen, ob du schon da bist."

„Ethan, was machst du da?", hauchte ich gegen seine

Lippen, als seine langen Finger dem Ziel immer näherkamen. Er zwang meine Beine, sich für ihn zu öffnen, damit er zwischen meine Schenkel und zu meiner Pussy gelangen konnte.

„Ich berühre einfach nur, was mir gehört, Baby." Durch das rote Spitzenhöschen, für das ich mich heute entschieden hatte, zeichnete er meine Schamlippen nach, bevor er den zarten Stoff zur Seite schob.

Durch die Erwartung zogen sich die Wände meines Geschlechtes zusammen und mein Atem ging schneller. „Wie oft bist du rausgegangen, um zu sehen, ob ich bereits angekommen bin?"

„Gar nicht so oft... nur vier oder fünf Mal." Sein Finger fand meine Klitoris, und dann fing er an, die empfindliche Knospe zu umkreisen. Das führte wie immer dazu, dass mir die Luft wegblieb.

„Das waren viele Male, Ethan..." Ich schaffte es kaum, diesen Satz auszusprechen. Seine magischen Finger bereiteten mir Lust und hielten mich in ihrem Bann gefangen. Ich spreizte meine Beine ein wenig mehr und ritt seine Hand. „Die Tür –"

„– ist abgeschlossen, Baby. Denke nur an mich und an das, was ich mit dir mache." Ethan umklammerte mich fest mit einer Hand, während seine andere beschäftigt war. Ich konnte nichts anderes tun: ich konzentrierte mich nur darauf, wie hoch er mich fliegen ließ. Jetzt benutzte er seinen Daumen und schnellte über meine Klitoris. Zwei Finger schob er in meine feuchte Hitze, immer wieder, rein und raus. „Du bist so verdammt feucht für mich." Er presste seinen Mund auf meinen und nahm auch meine Lippen in Besitz.

Ich schrie, als ich auf Ethans Schoß kam – mit seinen

Fingern in meiner Pussy und seiner Zunge in meinem Mund. Ich war von ihm vollkommen überwältigt und dominiert worden. Und nichts befriedigte mich mehr. Er hielt mich in seinen Armen, als befürchtete er, dass ich ihn verlassen könnte. Aber da musste er sich keine Sorgen machen.

Ich atmete tief ein. Die Empfindungen strömten noch immer durch meine Adern, als ich versuchte, seine Wirkung auf mich zu verarbeiten. Wenn es um Ethan ging, verlor ich sämtliche Selbstkontrolle.

Ich suchte nach seinem Blick. Und als ich ihn fand, durchbohrten mich seine unglaublich blauen Augen. „Ich möchte gar nicht wissen, wie deine Hand jetzt aussieht", sagte ich, denn ich wusste, dass es stimmte, was er gesagt hatte. Ich war unglaublich feucht.

Er grinste mich verführerisch an und wackelte mit seinen Fingern, die sich noch immer in mir befanden. „Mir gefällt, wo sich meine Hand gerade befindet. Allerdings wünschte ich, dass es stattdessen das hier wäre." Er rieb seinen Schwanz an meinem Arsch, und ich konnte mir gut vorstellen, dass er sich das wünschte. Ich konnte spüren, wie hart er war, und sofort erschauerte ich bei seinen Worten.

„Aber – das hier ist… Wir sind doch in deinem Büro."

„Ich weiß. Aber die Tür ist abgeschlossen und niemand kann hineinschauen. Wir sind völlig abgeschottet." Er ließ seine Lippen über meinen Hals gleiten und flüsterte: „Nur du und ich."

Als ich aufstehen wollte, hielt er mich noch fester an sich gedrückt. Sein Blick verriet mir, dass ihm der Versuch nicht gefallen hatte. Ich versuchte es erneut und dieses Mal ließ er mich los. Ich ließ mich auf den Boden runter, kniete mich vor ihm hin. Mein Blick fiel auf seinen Schritt, während mein Körper hinter dem Schreibtisch versteckt war. Ich legte meine Hände auf seine Erektion und übte Druck aus. Ich hob meine Augen zu seinen und sah die Begierde in seinem Blick. Jetzt wusste ich, was ich zu tun hatte. „Ethan… ich will dir einen blas –"

„Ja!" Mehr brauchte es nicht. Ich öffnete seinen Gürtel, dann den Reißverschluss, und legte meinen Preis frei. Gott, er hatte einen wunderschönen Penis. Ethan sog scharf den Atem ein, als ich ihn umfasste und mit der Zunge über die Eichel leckte, den salzigen Geschmack seines Fleisches genoss. Ich lehnte mich zurück und nahm den Anblick in mich auf. Dieses Teil hatte sich bereits in mir befunden – mehrere Male – und bisher hatte ich noch keinen guten Blick darauf werfen können. Er war groß und hart und samtweich. Ich rieb über seine Länge und lächelte Ethan an. Er biss sich auf die Lippe und beobachtete mich genau; als würde er nicht viel brauchen, um die Kontrolle zu verlieren.

„Du bist perfekt", murmelte ich. Dann schloss ich meine Lippen um seine Eichel und saugte den wunderschönen, rosafarbenen Schwanz in meinen Mund. Ich bearbeitete ihn, rieb mit meiner Hand über seine Länge und saugte ihn in meine Kehle. Mit meiner Zunge schnellte ich über die dicke Vene, die seine Erektion nährte, und dann hörte ich sein Stöhnen. Ich verlangsamte mein Tempo nicht, änderte auch nicht mein Vorhaben. Ich würde bis zur Ziellinie laufen, etwas anderes wäre nicht akzeptabel, und ich würde bekommen, was ich wollte.

Er musste meine Körpersprache richtig interpretiert haben. Seine Hände legten sich auf meinen Hinterkopf und hielten mich fest, als er meinen Mund fickte. Ohne zu würgen, akzeptierte ich seine gesamte Länge und als sich seine Hoden anspannten, wusste ich, dass er gleich kommen würde. Mit beiden Händen krallte ich mich an seinen Hüften fest, damit er sich nicht zurückziehen konnte.

„Oh, Scheiße, ich werde so hart kommen!" Sein Körper spannte sich an. Er hielt meinen Kopf zwischen seinen Händen und schoss die warme Flüssigkeit in meinen Rachen. „Mein Gott… Brynne." Er atmete schwer, sog stoßweise Luft in seine Lungen.

Ich fand seinen Blick, als er aus meinem Mund glitt. Ich schluckte langsam, und ich sah, dass seine Unterlippe bebte, als er mich bei dieser Geste beobachtete. Er zog mich an sich, vom Boden hoch, während er noch immer mit beiden Händen mein Gesicht einrahmte. Dann küsste er mich, langsam und tief und so liebevoll, dass ich mich an dem Kuss labte. Ich war froh, ihn befriedigt zu haben. Ihn glücklich zu machen, machte mich glücklich.

Nachdem ich meine Kleidung gerichtet hatte, saß ich wieder auf seinem Schoß. Wir machten es uns bequem und er strich mit den Fingern durch meine Haare und knabberte an meinem Hals. Ich spielte mit dem gravierten Krawattenclip, der Vintage aussah, und erlaubte es ihm einfach, mich in den Armen zu halten. „Der ist wunderschön", sagte ich ihm.

„Du bist wunderschön", flüsterte er an meinem Ohr.

„Ich liebe dein Büro. Die Fotos im Bereich der Rezeption sind umwerfend."

„Ich liebe es, wenn du mich im Büro besuchen kommst."

„Das habe ich gesehen, Ethan. Du bist sehr…

gastfreundlich." Ich kicherte. Er kitzelte mich und ließ mich lange zappeln. Ich schlug seine Hände von meinen Rippen weg.

„Was hast du mir von deiner Shopping-Tour mitgebracht? Ich hoffe, es ist was Süßes", sagte er, während er bereits nach meiner *Boots*-Tüte griff. „Ich mag Jolly Ranchers. Kirsche ist meine Lieblingssor –"

Ich riss ihm die Tüte aus der Hand, bevor er einen Blick hineinwerfen konnte. „Hey! Solltest du es nicht eigentlich besser wissen? Man kramt nicht durch die Tasche von einer Dame. Schließlich besteht immer die Möglichkeit, etwas zu finden, das uns beiden peinlich sein könnte."

Er spitzte seine Lippen und seufzte. „Ich schätze, dass du recht haben könntest", sagte er viel zu schnell. Er bedachte mich mit einem dämonischen Grinsen und riss mir die Tüte aus der Hand. „Aber ich will trotzdem nachschauen!" Er hielt die Tüte außerhalb meiner Reichweite und fing an, die Sachen herauszuholen. Er verfiel in Schweigen, als er eine violette Zahnbürste und dann Zahncreme herauszog. Er legte beides auf den Schreibtisch und steckte die Hand erneut in die Plastiktüte. Dieses Mal kam eine Haarbürste zum Vorschein, Feuchtigkeitscreme und den Lipgloss, den ich immer benutzte. Er holte den gesamten Einkauf aus dem *Boots* heraus. Mein bevorzugtes Shampoo, Rasierschaum und sogar das kleine Parfumfläschchen, Dreaming von Tommy Hilfiger. Er stellte alles in einer ordentlich sortierten Reihe auf und sah mich an, nachdenklich und mit einem ernsten Ausdruck auf dem Gesicht. „Aber ich dachte, dass du das nicht kannst, Brynne."

„Dachte ich auch." Ich holte die einzige Sache aus

der Tüte, die er drin gelassen hatte. Mein Medikament. „Aber Dr. Roswell hat mir das hier verschrieben und die Hoffnung, dass ich es schaffen könnte." Ich strich ihm über die Haare und glättete sie. „Es sind Tabletten, die mir beim Schlafen helfen sollen. Damit ich nicht wieder so aufwache wie beim letzten Mal. Was ich damit sagen möchte: Wenn ich deine Freundin bin, dann will ich… versuchen, auch nachts bei dir zu blei –"

Er unterbrach mich mit einem Kuss.

„Oh, Baby, damit machst du mich so glücklich", sagte er mir zwischen weiteren Küssen. „Heute Nacht? Wirst du heute Nacht bei mir übernachten? Bitte sag ja." Sein Gesichtsausdruck teilte mir mit, was ich wissen musste. Er wollte, dass ich bei ihm übernachtete, trotz meiner abgefuckten Schlafgewohnheiten.

Ich sah auf seinen Krawattenclip und richtete meine nächsten Worten an das silberne Accessoire. „Wie kann ich Nein sagen, wenn wir beide bereit sind, es noch einmal zu probieren?"

„Sieh mich an, Brynne."

Das tat ich, und das erste, was ich sah, war der angespannte Kiefer hinter seinem Kinnbart. Ich konnte sehr viele Emotionen sehen. Ethan versteckte diese niemals. Er galt in der Öffentlichkeit vielleicht als reserviert, aber mit mir, wenn wir allein waren, trug er sein Herz auf der Zunge. Man bekam, was man sehen konnte. Er hatte mir gesagt, was er wollte, und seine direkten Worte taten ihm auch nicht leid.

„Du sollst in meinen Augen ablesen können, wie glücklich ich darüber bin, dass du es noch einmal probieren möchtest, und wie froh ich bin, dass *du* dazu bereit bist." Er küsste mich auf die Haare. „Ich will, dass du dir ein Wort aussuchst. Etwas, das du zu mir sagen kannst, wenn du Abstand brauchst. Vielleicht weil ich dir Angst gemacht habe oder ich etwas tue, das du nicht willst." Er hielt mein Gesicht nah an seinem. „Dann musst du einfach nur das Wort sagen und ich werde aufhören oder dich heimbringen. Aber bitte verlasse mich nicht noch einmal so, wie du es das letzte Mal getan hast."

„Redest du von einem Safeword?", fragte ich.

Er nickte. „Ja. Genau das meine ich. Ich will, dass du mir vertraust. Das brauche ich von dir, Brynne. Aber ich muss dir genauso vertrauen können. Ich kann nicht – ich will nicht noch einmal dieses Gefühl durchleben müssen. Als du mich in dieser Nacht verlassen hast –" Er schluckte schwer. Ich sah den Moment und wusste, dass es ihm viel bedeutete, mir diese Worte mitzuteilen. „Was ich gefühlt habe, als ich feststellen musste, dass du nicht mehr in meinem Bett liegst, möchte ich nie wieder fühlen."

„Es tut mir leid, dass ich dich auf diese Weise verlassen habe. Ich habe keinen anderen Ausweg gesehen. Du überwältigst mich, Ethan. Das musst du wissen; denn das ist die Wahrheit."

Er presste seine Lippen gegen meine Stirn, dann sprach er wieder. „Okay, das nächste Mal gibst du mir eine Vorwarnung. Sprich dein Wort aus, egal wann oder wo, und dann werde ich mich zurücknehmen. Aber verlasse mich bitte nicht noch einmal auf diese Weise."

„Waterloo."

Er sah mir in die Augen und lächelte. „Waterloo soll dein Safeword werden?"

Ich nickte. „Soll es." Ich drehte meinen Kopf zum Essen, das auf dem Tisch für uns bereitstand, und atmete tief ein. Chinesisch, was auch zu Elainas Aussage passen würde, und meine Nase stimmte zu. „Wirst du mich jetzt füttern oder was? Ich dachte, dass ich bei der Sache ein Mittagessen herausschlagen könnte." Ich pikste ihm mit meinem Finger in die Brust. „Ein Mädchen braucht weitaus mehr als einen Orgasmus; das muss dir klar sein."

Ethan warf seinen Kopf in den Nacken und lachte, bevor er mir einen festen Klaps auf meinen Hintern gab. „Dann steh auf. Lass uns dafür sorgen, dass du etwas zu Essen bekommst, mein wunderschönes, amerikanisches Mädchen. Wir müssen dich fit halten. Schließlich habe ich heute noch Großes mit dir vor."

Er bedachte mich mit einem sündhaften Grinsen, und ich wusste, dass ich verloren war.

KAPITEL 10

Mein Handy klingelte, als ich gerade meine Tasche für die Übernachtung packte. Ich checkte, wer mich anrief und sah gleich noch auf die Uhrzeit. Ethan hatte gesagt, dass er sieben Uhr hier sein würde, um mich abzuholen. Es war viertel vor. „Hast du deine Meinung geändert und rufst jetzt nur an, um einen Rückzieher zu machen?"

Er lachte. „Auf keinen Fall, und ich hoffe, dass deine Tasche fertig gepackt ist, Baby."

„Warum bist du dann nicht hier, um mich auf deinem weißen Pferd abzuholen?"

„Na ja, ich musste ein Auto schicken, um dich abzuholen. Mir kam bei der Arbeit etwas dazwischen, das meine ungeteilte Aufmerksamkeit braucht. Es tut mir so leid. Der Fahrer heißt Neil und er arbeitet für mich. Er wird dich in meine Wohnung bringen, und ich will, dass du dich wie zu Hause fühlst. Mach es dir bequem, bis ich komme. Wirst du das für mich tun, mein Liebling?"

„Ich denke schon." Mein Verstand überschlug sich, als ich daran dachte, allein in seiner Wohnung zu sein. Ich hatte keine Angst, nicht wirklich, aber die Idee versetzte mich auch nicht gerade in Begeisterungsstürme. „Bist du dir sicher, Ethan? Also, wir können das auch verschieben, wenn du zu viel zu tun –"

„– ich werde heute Nacht neben dir schlafen, Brynne. In meinem Bett. Ende der Diskussion."

„Wenn du es sagst." Ich lächelte. „Darf ich denn wenigstens für dich das Abendessen kochen? Hast du etwas im Kühlschrank oder soll ich deinen Fahrer zu einem Supermarkt leiten."

„Es gibt keinen Grund anzuhalten. Ich habe Nahrungsmittel und sogar ein paar Vorräte im Gefrierschrank. Meine Haushälterin kocht Mahlzeiten und friert sie ein. Du kannst machen, was du möchtest – warte kurz." Ich hörte gemurmelte Stimmen und wie Ethan mit jemandem sprach. „Ich muss los, Baby. Ich seh dich, sobald ich hier rauskomme."

Ich verabschiedete mich, aber er hatte bereits aufgelegt. Für eine Weile starrte ich auf mein Handy. Ich legte es schließlich mit dem Gefühl zur Seite, mich in einem Paralleluniversum zu befinden oder in meiner persönlichen Fortsetzung von Alice im Wunderland. Mein Leben schien sich auf der Überholspur fortzubewegen, ohne die Möglichkeit zu haben, nach rechts einzulenken. In weniger als einer Woche hatte sich mein Status von Single zu fester Freundin verändert, und es gab kein Anzeichen darauf, dass er den Fuß vom Gaspedal nehmen würde. Ganz im Gegenteil.

Mein Handy fing an zu leuchten, ohne mir zu

erkennen zu geben, wer es war. „Hallo?", antwortete ich.

„Ma'am, mein Name ist Neil McManus. Mr. Blackstone hat mich beauftragt, Sie abzuholen. Am Straßenrand steht ein schwarzer Rover für Sie bereit." Der besänftigende, englische Akzent bildete die Worte mit Effizienz.

Neil. Ich erinnerte mich daran, was Ethan über den Fahrer gesagt hatte. „Okay. Ich bin gleich unten." Ich hob meine Tasche über die Schulter und machte mich in einem zügigen Schritt auf den Weg nach unten. Das Auto, das auf mich wartete, sah aus wie Ethans Range Rover. Ich hielt abrupt an, als ich einen Blick auf Neil-den-Fahrer warf. Riesig, muskulös, wasserstoffblond gefärbte Haare, Stachelfrisur und sehr dunkle Augen.

„Du!", sagte ich schockiert. Es war der Kerl von heute mit dem Jimi Hendrix Tattoo.

„Richtig, Ma'am." Er hielt mir die Tür zur Beifahrerseite auf. Sein Gesichtsausdruck verriet nichts.

„Du bist mir heute gefolgt!" Es war keine Frage, und ich war mir sicher, dass Neil sich dieser Tatsache bewusst war. Ich ließ meine Tasche auf den Boden fallen, verschränkte die Arme unter meinen Brüsten und entschied mich für ein mexikanisches Patt. „Gib mir einen guten Grund, warum ich in dieses Auto steigen sollte, *Neil.*"

Neil zeigte ein kleines Lächeln und sah auf meine Tasche, die auf dem Bürgersteig lag. „Ich arbeite für Mr. Blackstone?"

Ich bewegte keinen Muskel.

Er versuchte es erneut. „Er wird mich im hohen Bogen rauswerfen, wenn ich Sie nicht wie angewiesen zu seiner Wohnung bringe?" Er fand meinen Blick, seine dunklen Augen wirkten aufrichtig. „Ich mag meinen Job wirklich gern, Ma'am."

Mir schwirrte der Kopf mit verdrehten Gedanken. Darüber, was ich hier gerade machte... was sich Ethan dabei dachte... wie viele Leute in meine Privatangelegenheiten involviert waren. Meine Liste war unendlich. Wir mussten uns unbedingt unterhalten! Trotzdem wäre es nicht fair, meine Frustration an Neil auszulassen. Immerhin schien er nur seinen Job zu machen.

„Das kann ich akzeptieren, Neil." Ich hob meine Tasche auf und stieg hinten ein. „Aber ich steige sofort wieder aus, wenn du mich weiterhin Ma'am nennen solltest, verstanden? Mein Name ist Brynne. Und falls Mr. Blackstone das nicht gefallen sollte, dann kannst du ihm sagen, dass er mich an meinem formlosen Ami-Arsch lecken kann. Er sollte eigentlich wissen, dass es amerikanische Mädchen nicht ausstehen können, wenn man sie Ma'am nennt."

Neil legte seinen Kopf auf die Seite und grinste mich an, als er die Autotür zumachte.

Er startete den Motor, während ich auf der Rückbank vor mich hinkochte. Die Stille irritierte mich, also entschied ich mich dazu, einfach alles rauszulassen. „Ethan hat dich also beauftragt, meinen Stalker zu spielen – ist das korrekt?"

„Zum Schutz, Ma'a – ähm – Brynne. Ich stalke dich nicht", antwortete Neil.

„Zum Schutz vor was?", verlangte ich zu wissen. „Beobachtest du mich auch, wenn ich morgens meine Runde laufe?"

Neil sah mir durch den Rückspiegel in die Augen.

„Die Stadt kann ein gefährlicher Ort sein." Er richtete seine Aufmerksamkeit wieder auf die Straße. Es hatte angefangen zu regnen und die Scheibenwischer bahnten sich quietschend ihren Weg. „Seine Devise ist eben Vorsicht vor Nachsicht, das ist alles", sagte Neil leise.

„Ich weiß." Ethan war vorsichtig und kontrollierend, und für meinen Geschmack erreichte seine Arroganz einen viel zu hohen Level. Da hatte er sich bei mir aber was eingehandelt. „Wie lange arbeitest du bereits für ihn, Neil? Ethan erzählt mir überhaupt nichts, also kannst du mich ja vielleicht aufklären." Ich schmunzelte in die Richtung des Rückspiegels, damit er es auch sehen würde.

„Seit sechs Jahren. Wir waren zusammen bei den SF."

„Special Forces, richtig? Seid ihr eine Art James Bond für die britische Regierung?"

Daraufhin lachte er und schüttelte seinen Kopf. „Jetzt weiß ich, warum dich Mr. Blackstone unter Beobachtung stellt, Brynne. Deine Vorstellungskraft ist nicht von dieser Welt."

„Das hat Ethan auch schon erwähnt", sagte ich trocken.

So genervt ich auch von Ethans Vermessenheit war, mit der er wirklich die Grenze überschritten hatte, konnte ich meine Laune nicht an Neil auslassen. Er schien ein netter Kerl zu sein, und er hatte bei Musik wirklich einen großartigen Geschmack. Ich mochte ihn. Neil machte einfach seinen Job. Egal, was das in Bezug auf mich auch bedeuten sollte.

Neil parkte das Auto und durch den Garagenzugang führte er uns zum Fahrstuhl. Und schon befand ich mich in Ethans wunderschönem Zuhause. Aber dieses Mal ohne Ethan.

Neil hatte mich seine Handynummer in mein Handy einprogrammieren lassen und gesagt, dass er in der Nähe wäre, wenn ich irgendetwas brauchen sollte. „Wie nah ist *nah*? Habe ich hier meine Privatsphäre? Du kannst mich hier nicht beobachten, oder?" Ich sah direkt in seine Augen, um mögliche Ausreden sofort zu erkennen. „Denk nicht einmal daran, mich anzulügen, Neil. Ich wäre so schnell aus dieser Tür raus, dass der Wind Ethans Haare von hier bis *wo-auch-immer-er-sich-gerade-befindet* in einen Albtraum verwandeln würde."

Neil zuckte tatsächlich zusammen. „Hier hast du deine Privatsphäre. Es gibt in der Wohnung keine Kameras. Im Korridor allerdings schon. Wenn du also durch die Wohnungstür gehen solltest, würde ich das sehen. Ich befinde mich in der Wohnung gegenüber. Nicht weit weg. Mr. Blackstone möchte wirklich, dass du dich hier wie zu Hause fühlst." Er hob das Handy an sein Ohr und schüttelte es. „Ruf mich an, falls du etwas brauchen solltest, Brynne."

Die Tür fiel ins Schloss und mein Beschützer war fort.

In Ordnung, das fühlte sich komisch an. Allein in Ethans Wohnung, mit meiner Übernachtungstasche und einem verwirrten Verstand, fragte ich mich, ob ich mich jemals wieder normal fühlen würde.

Die wichtigsten Dinge zuerst. Ich ging zum Kühlschrank, nahm eine gekühlte Wasserflasche heraus und trank die Hälfte. Das Innere von Ethans Kühlschrank war gut bestückt, mit vielen frischen Nahrungsmitteln. Damit würde ich gut arbeiten können, also stellte das Abendessen kein Problem dar. Ich sah mir seine Kaffeemaschine an und musste sofort sabbern. Wirklich sehr nett. Ich bereitete den Brühvorgang für eine Kanne vor und checkte seinen Sub-Zero-Gefrierschrank. Ethans Haushälterin war so organisiert, dass sie alle eingefrorenen Mahlzeiten in handliche Plastikbehälter verpackt und für eine bessere Identifizierung gekennzeichnet hatte. Ich verzichtete allerdings. Nach dem ausgiebigen Mittagessen, mit dem er mich in seinem Büro gefüttert hatte, war mir nicht nach Essen zumute.

Ich ging ins Schlafzimmer und sofort überwältigten mich Erinnerung an meinen letzten Besuch. Ich schloss meine Augen und atmete Ethans Duft ein. Er war einfach überall, auch wenn er das nicht war. Ich ging in sein Badezimmer. Die Grottendusche aus Travertin war unbeschreiblich. Die Badewanne war für ein Mädchen, das keine richtige Badewanne hatte, ein wahrgewordener Traum. Ich wusste, was ich als erstes tun würde.

Eine Stunde später hatte sich meine Haut von der Hitze rosa gefärbt und war durch den Schaum samtweich geworden. Ich zog mir mein Jimi Hendrix T-Shirt an und eine seidene Boxershorts von Ethan, die mir wirklich gut stand. Ich sortierte meine Boots-Einkäufe in eine Schublade des Badezimmers ein, rasierte meine Beine und verwöhnte meine Haut mit einer Bodylotion, die nach Schlüsselblume duftete.

Ich ging zur Kaffeemaschine zurück und schenkte mir eine Tasse ein, bevor ich mir die anderen Räume in Ethans Wohnung ansah. Der Trainingsraum hatte ein hochmodernes Laufband, das den riesigen Fenstern zugewandt war. Die Aussicht raubte mir den Atem. Ich liebte es, mir eine beleuchtete Stadt bei Nacht anzusehen — aber mit Sicherheit sah sie im Tageslicht ebenso beeindruckend aus.

Ich fand – wie ich annehmen musste – sein Büro und betätigte die Türklinke. Der Raum hinter der Tür war tatsächlich ein Büro. Zuerst viel mein Blick auf den gewaltigen Eichenholz-Schreibtisch, während die Wand gegenüber verschiedene Fernsehmonitore und anderes technologisches Equipment aufwies. Aber es war die Wand hinter dem Schreibtisch, die meine Aufmerksamkeit auf sich zog: ein Salzwasseraquarium. Durch die Beleuchtung strahlte das Wasser in den verschiedensten Farben. Ich wagte mich näher heran und sah mir das bunte Treiben der Fische an, die an eleganten Korallen vorbeisausten. Der Rotfeuerfisch sauste nicht. Er schwamm zum Glas und flatterte seine vielen farbenfrohen Flossen, als würde er mich begrüßen wollen.

„Hallo, mein Schöner. Ich frage mich, wie er dich wohl getauft hat." Ich sprach mit meinem Fischfreund, während ich meinen Kaffee trank.

An der Küchenbar aß ich einen Kirschjoghurt und bereitete mir eine zweite Tasse Kaffee zu. Eine ganze Wand im Hauptraum wurde von einem Bücherregal eingenommen. Ich sah mir seine Sammlung an, die wirklich vielseitig war. Klassiker, Thriller, Mainstream und Massen an historischen Romanen. Es gab auch ein paar Bücher über Militärgeschichte und Fotografie sowie eine riesige Auswahl an Statistik- und Glücksspielbüchern. Aber ich entdeckte auch Romane, die im Moment recht bekannt waren und Gedichtbände, was mich zum Lächeln brachte. Ich mochte es, dass Ethan Bücher wertschätzte.

Ich zog ein Buch mit Briefen von Keats heraus, die er an Fanny Brawne geschrieben hatte, und nahm es mit ins Wohnzimmer, um es mir zu Gemüte zu führen, während ich es mir auf dem Sofa bequem machte. Ich hatte meinen

Kaffee, traurige Liebesbriefe eines Poeten an seine Angebetete und die leuchtenden Nachtlichter von London, die sich vor mir ausbreiteten.

Eine Stunde verbrachte ich damit, bevor ich das Buch weglegte. Ich richtete meine Augen auf die Aussicht über die Stadt. Das war der Ort, an dem mich Ethan ausgezogen hatte, genau vor der Balkontür. Er hatte einen Schritt nach hinten gemacht und mir gesagt, dass nichts mit dem Anblick vergleichbar wäre, mich in seiner Wohnung zu sehen. *Oh, Ethan.* Ich entschied mich dazu, ihm eine Nachricht zu schreiben.

Brynne Bennett: <--- ist sauer wegen der Sache mit Neil. Bist du verrückt?!

Es dauerte nicht lange, bis er mir antwortete.

Ethan Blackstone: <--- ist verrückt nach dir, und wir müssen uns über ein paar Dinge unterhalten. Vermisse dich wahnsinnig.

Untertreibung des Jahres!

Brynne Bennett: <--- trägt gerade eine von deinen Boxershorts, und das ist eine Tatsache, Mister!

Bei der nächsten Nachricht musste ich lachen.

Ethan Blackstone: <--- hat sich gerade vorgestellt, wie du in meinen Boxershorts aussiehst und ist jetzt natürlich steinhart. Lass sie bitte auf dem Kissen liegen, denn die wird nie wieder gewaschen.

Brynne Bennett: <--- ist noch immer sauer und denkt, dass du eine außergewöhnlich tolle Kaffeemaschine hast.

Ethan Blackstone: <--- denkt, dass er eine außergewöhnlich schöne Freundin hat. Hast du etwas gegessen?

Brynne Bennett: <--- hat etwas gegessen. Du hast einen Rotfeuerfisch als Haustier. ☺

Ethan Blackstone: Sein Name ist Simba. Ich verwöhne ihn und er duldet mich. Ihr zwei habt sehr viel gemeinsam.

Seine Antwort brachte mich zum Lächeln. Anscheinend hatte Ethan ein Herz für Tiere. Ich schoss zurück: **Allein dafür wirst du in der nächsten Zeit auf Blowjobs verzichten müssen. :P**

Ethan Blackstone: <--- will dich im Moment mehr als alles andere spanken. Und dich küssen. Und dich ficken. Du bringst mich noch um, Baby!!

Brynne Bennett: <--- wird langsam müde. Werde meine Tablette nehmen und unter deine Bettdecke kriechen. Necke mich nicht.

Ethan Blackstone: Ich doch nicht! Geh ins Bett, meine Schöne. Ich werde dich finden.

Ich erhob mich von Ethans Sofa und ging zurück in die Küche, um aufzuwaschen. Ich machte die Kaffeemaschine sauber und stellte alles für den Morgen ein. Alles, was ich dann noch tun müsste, war, den Startknopf zu drücken. Ich benutzte meine neue violettfarbene Zahnbürste und nahm dann die Tablette. Die superweichen Laken auf Ethans Bett rochen nach ihm, was mich tröstete und besänftigte. Ich nahm den Duft in mich auf und schlief ein.

Starke Arme wickelten sich um meinen Körper. Der Duft, den ich verehrte, umgab mich. Lippen küssten mich. Ich öffnete meine Augen und wurde von den Schatten der Nacht begrüßt. Allerdings wusste ich, wer bei mir war. Mein Erwachen war friedlich und zärtlich, etwas Gutes, und für mich eine neue Erfahrung.

„Du bist hier", hauchte ich gegen seine Lippen.

„So wie du auch", flüsterte er. „Du hast keine Ahnung, wie sehr ich es liebe, dich in meinem Bett zu finden."

Ethans Hände waren beschäftigt gewesen, als ich noch tief und fest geschlafen hatte. Von der Hüfte abwärts war ich nackt, seine seidenen Boxershorts verschwunden. Auch Ethan war nackt. Ich konnte seine harten Muskeln und das solide Fleisch spüren, das sich mit mir vereinigen wollte. Mein T-Shirt wurde nach oben geschoben und meine Brüste wurden von seinen Lippen verzehrt, die Stoppeln kitzelten meine empfindliche Haut, betörten meine Nippel mit saugenden Zügen, bis ich nur noch eine stöhnende, mich windende Kreatur unter ihm war.

Ich vergrub meine Hände in seinen Haaren und fühlte die Bewegungen seines Kopfes, als er meine Nippel verwöhnte und mit den Händen das Gewicht meiner Brüste umfasste. Er hielt inne und zog mir das T-Shirt über den Kopf, nur um dann mit einem hungrigen und wunderschönen Blick für einen langen Moment auf mich herabzuschauen. Das Licht vom Badezimmer filterte ins Zimmer und erlaubte mir, seine Gestalt zu sehen. Und darüber war ich froh. Ich musste Ethan sehen, wenn er zu mir kam. Ich fühlte mich wohl, wenn ich wusste, dass ich bei ihm sicher war.

„Dein Bett duftet nach dir", sagte ich.

„Du bist das einzige, was ich riechen möchte, und jetzt brauche ich den Geschmack von dir in meinem Mund." Dann spreizte er meine Beine und sein Mund senkte sich auf mich herab.

„Oh, Gott, Ethan!" Seine Zunge erkundete meine

Spalte. Er leckte über mein erhitztes Fleisch und öffnete mich für ihn. In weniger als einer Sekunde hatte er den Schalter von schläfrig auf erregt umgestellt. Ich konnte nicht stillhalten, obwohl er mich festhielt und sich an der Innenseite meiner Schenkel festkrallte. Der Orgasmus fegte so schnell und gewalttätig über mich hinweg, dass ich mich selbst schamlos schreien hörte. Meine Muskeln zogen sich zusammen, pulsierten bei dieser glühenden Befriedigung.

Ethan knurrte gegen die Lippen meiner Pussy und zog sich dann zurück, während er wahrscheinlich auf den Punkt starrte, den er mit seinem Schwanz nehmen wollte. Er fragte nicht. Ethan nahm.

Er hob meine Beine auf seine Schultern, stieß hart zu und vergrub sich in mir. Er gab erotische Laute von sich, als mich sein Schwanz ausfüllte. Ich wurde von der Invasion überwältigt, während ich noch immer fühlte, wie die Nachwirkungen des Höhepunktes durch meinen Körper fegten. Als er mich fickte, konnte ich mich einfach zurücklehnen. Der Sex war hitzig und fordernd. Er sagte mir immer wieder, wie gut ich mich anfühlte, wie sehr er mich hier in diesem Bett wollte und wie wunderschön ich war. Worte, die mich noch mehr an ihn binden sollten, bis ich ihm vollkommen verfallen wäre. Das wusste ich.

Ethan ließ mich erneut kommen; die Stöße hätte man fast als Bestrafung ansehen können. Die Priorität bestand darin, mich in Besitz zu nehmen. Erst danach kam die Befriedigung. Aber die Befriedigung war so berauschend, als beide Teile zusammenkamen, als er mich mit seinem eigenen explosiven Orgasmus abfüllte. Ich fühlte, dass sich Tränen einen Pfad über meine Wangen suchten, auf die Laken fielen, als ich akzeptierte, was er mir gab. Er keuchte meinen Namen, während sein Blick niemals meinen verließ. Ich wusste, dass er meine Tränen sehen konnte.

Er stellte meine Beine wieder auf dem Bett ab und schob sich über mich, hielt mein Gesicht zwischen seinen Handflächen, streichelte mich, seine blauen Augen suchend, während er noch immer in mir vergraben war, tief und ausfüllend mit seinem talentierten Schwanz, um die Lust in die Länge zu ziehen. „Du gehörst mir", hauchte er.

„Ich weiß", erwiderte ich flüsternd. Ethan küsste mich behutsam, mit unseren Körpern vereint, erforschte er saugend und knabbernd meine Lippen. Er ließ mich nicht los und küsste mich für eine lange Zeit, bevor er sich schließlich aus meinem Körper zurückzog.

Ethan zu ficken, konnte nur als wunderschön beschrieben werden. Mir war klar, dass es für andere pornografisch wirkte… Für mich aber war es ein wunderschöner Akt zwischen zwei Menschen. Mit ihm auf diese Art und Weise intim zu werden, war berauschend. Potenter als alles andere, das ich jemals in meinem Leben probiert hatte. Ich war mir fast sicher, dass ich Ethan alles verzeihen könnte. Auch wenn er mich verletzen sollte. Und genau das war mein Fehler.

KAPITEL 11

Am nächsten Morgen brachte mir Ethan Kaffee ans Bett. Ich lehnte mich gegen das Kopfende und zog das Laken mit mir, um mich zu bedecken. Er hob eine Augenbraue hoch, als er sich auf die Bettkante setzte und gab mir dann die Kaffeetasse. „Ich denke, ich habe alles richtig gemacht, aber probiere ihn erst und sag mir, was du denkst."

Ich nahm einen Schluck und verzog mein Gesicht.

„Ich habe Milch und drei Teelöffel Zucker reingetan", sagte er schulterzuckend. „Du hast die Kaffeemaschine vorbereitet. Ich habe nur den Startknopf gedrückt."

Ich ließ ihn noch etwas länger schmoren, bevor ich ihm ein breites Grinsen schenkte und von dem köstlichen Kaffee einen zweiten Schluck nahm.

„Was denn? Ich muss schließlich sichergehen, dass ich dich richtig trainiert habe. Ich habe gewisse

Ansprüche." Ich zwinkerte ihm zu. „Aber ich denke, dass ich dich behalten kann, Mr. Blackstone."

„Du teuflisches Weibsbild, mich auf diese Weise auf den Arm zu nehmen." Er lehnte sich vor und küsste mich, vorsichtig, da er den heißen Kaffee im Auge behalten musste. „Es gefällt mir, dass du die Kaffeemaschine bereits letzte Nacht vorbereitet hast. Ich frage mich, warum mir das nicht schon früher eingefallen ist." Er war mir noch immer sehr nah, begutachtete mich aufmerksam, seine Haare vom Schlaf und dem ganzen Sex verwuschelt. Trotzdem schaffte er es, wie ein Gott auszusehen. „Ich denke, dass du jede Nacht bei mir schlafen solltest, damit du die Kaffeemaschine vorbereiten kannst, bevor du ins Bett gehst." Er presste seinen Mund auf meinen Hals und rieb mit seinen weichen Lippen über meine empfindliche Haut. „Damit ich dir jeden Morgen deinen Kaffee bringen kann, während du nackt bist und so bezaubernd aussiehst wie jetzt. Und der Duft von mir und der ganzen Nacht angefüllt mit Sex an dir haftet."

Ich erschauerte bei seinen Worten und der Vorstellung dieser Realität, aber wir hatten noch einiges zu besprechen. Wir redeten nicht oft über diese Dinge. Sobald er mir nah kam, verloren wir unsere Klamotten, mein Körper reagierte auf seinen und naja, auf diese Weise schafften wir es nie, ein paar Angelegenheiten zu klären, die aber geklärt werden mussten.

„Ethan", sagte ich leise, meine Hand auf seiner Wange, um ihn zu stoppen, „wir müssen uns darüber unterhalten, was hier vor sich geht. Die Bodyguard-Sache mit Neil? Warum würdest du das tun, ohne mir etwas davon zu erzählen?"

„Ich wollte es dir letzte Nacht erzählen, nachdem ich

dich hergebracht habe. Allerdings kam es anders als gedacht." Er lehnte sich etwas zurück und senkte seinen Kopf. „Durch die Stadt laufen jetzt – mehr denn je – viele fremde Leute, Baby. Du bist eine wunderschöne Frau und ich halte es nicht für sicher, dass du die Tube nimmst oder allein durch die Stadt rennst. Erinnere dich nur an diesen Vollidioten im Club."

„Aber ich bin bereits durch die Stadt gerannt, bevor ich dich kennengelernt habe, und das hat auch nie zu Problemen geführt."

„Das weiß ich doch. Aber zu dieser Zeit warst du noch nicht meine Freundin." Er bedachte mich mit einem dieser typischen Ethan-Blicke. Die Art, bei der sich mein gesamter Körper anspannte und ich darauf wartete, dass mir ein eisiger Wind ins Gesicht wehte. „Mir gehört eine Security-Firma, Brynne. Das ist mein Spezialgebiet. Wie kann ich dich durch London laufen lassen, wenn ich doch um die Gefahren weiß?" Er legte eine Hand auf meine Wange und machte mit seinem Daumen kreisende Bewegungen. „Bitte? Für mich?" Er legte seine Stirn gegen meine. „Falls dir etwas zustoßen sollte, würde mich das umbringen."

Ich hob eine Hand und vergrub meine Finger in seinen Haaren. „Oh, Ethan, du verlangst wirklich eine Menge von mir, und manchmal ist das alles ein wenig zu viel für mich. Es gibt Dinge, die du nicht über mich weißt." Er öffnete seinen Mund, um etwas zu sagen, aber ich brachte ihn mit zwei Fingern zum Schweigen, die ich auf seine Lippen legte. „Dinge, die ich noch nicht bereit bin, mit dir zu teilen. Du hast gesagt, dass wir es langsam angehen könnten."

Er küsste meine Finger, die auf seinen Lippen lagen,

bevor er meine Hand runternahm. „Ich weiß, Baby. Das habe ich. Ich will nichts tun, was ein *Uns* ruinieren könnte." Er küsste meinen Hals und knabberte an meinem Ohrläppchen. „Können wir einen Kompromiss aushandeln?", flüsterte er.

Ich zog an seinen Haaren, damit er mit der Verführungstaktik aufhörte und mich ansah. „Zuerst einmal musst du dich mit mir unterhalten. Und versuche nicht immer, mich mit Sex abzulenken. Du hast wirklich ein Talent fürs Ablenken, Ethan. Sag mir einfach, was du von mir verlangst, damit ich dir sagen kann, ob ich das machen kann."

„Wie wäre es, wenn du einen Fahrer akzeptierst?" Wo das Laken runtergerutscht war, zeichnete er mit einem Finger die Wölbungen meiner Brüste nach. „Ich will nicht, dass du weiterhin zur Tube läufst oder dir nachts Taxis heranrufst. Du bekommst ein Auto mit einem Fahrer, der dich überall hinbringen wird", - er pausierte und hielt mich mit seinen wahnsinnig ausdrucksstarken Augen gefangen, die mir so viel über sein Bedürfnis verrieten, mich beschützen zu wollen, - , „und dadurch verschaffst du mir inneren Frieden."

Ich trank von dem Kaffee, den er mir gebracht hatte und entschied mich, ihm eine sehr direkte Frage zu stellen. „Und warum brauchst du bei mir diesen inneren Frieden?"

„Weil du etwas Besonderes bist, Brynne."

„Wie besonders, Ethan?", flüsterte ich, denn ich fürchtete mich ein wenig vor seiner Antwort. Ich fürchtete mich bereits vor meinen eigenen Gefühlen für ihn. In so kurzer Zeit hatte er mich vollkommen in seinen Bann gezogen.

„Für mich? So besonders, dass du es dir nicht

vorstellen kannst, Baby." Er schenkte mir sein typisches Lächeln, bei dem sich nur ein Mundwinkel hochzog. Sofort flatterten die Schmetterlinge in meinem Bauch herum.

Er hatte nicht gesagt, dass er mich liebte. Aber schließlich hatte ich diese Worte auch noch nicht zu ihm gesagt. Mir war allerdings sehr wohl bewusst, dass er mich mochte.

Wieder senkte er seinen Blick und nahm meine freie Hand in seine, Handfläche nach oben. Die Narbe an meinem Handgelenk war sichtbar. Die Narbe, die mir peinlich war und die ich immer versuchte zu verstecken. Allerdings war es mir nicht möglich, sie geheim zu halten, wenn die Sonnenstrahlen durch das Fenster kamen und ich nackt war. Er zeichnete die Narbe mit seiner Fingerspitze nach, so zärtlich, dass es sich wie eine Liebkosung anfühlte. Er fragte nicht, wie ich zu der Narbe gekommen war und ich bot ihm nicht an, ihm davon zu erzählen. Die schmerzliche Erinnerung verschlimmerte nur das Schamgefühl und hinderte mich daran, alles offenzulegen.

Ich hatte Gefühle für diesen Mann, aber noch konnte ich diesen Teil aus meiner Vergangenheit, nicht mit ihm teilen. Die Demütigung war zu hässlich und abschreckend, um sie in unsere Beziehung zu bringen. Im Moment wollte ich einfach nur gewollt werden. Diese Erkenntnis reichte aus, dass ich seiner Bitte zustimmte. Kleine Schritte. Ich würde seinen Vorschlag bezüglich eines Fahrers akzeptieren und er würde im Gegenzug meine Abneigung akzeptieren, ihm von meiner Vergangenheit zu erzählen. Wir würden das langsam angehen.

„Okay." Ich lehnte mich vor und platzierte einen Kuss auf seiner Kehle, gleich über dem Ausschnitt seines

T-Shirts. Die Haare auf seiner Brust kitzelten mich am Mund, sein berauschender Duft war mir bereits so vertraut, dass er neben Essen, Wasser und Sauerstoff eine Notwendigkeit darstellte. „Mit dem Fahrer bin ich einverstanden, aber du musst mir immer sagen, wenn du etwas in dieser Art vorhast. Ich brauche diese Aufrichtigkeit. Ich mag es, dass du so direkt bist. Du sagst mir, was du willst und ich –"

„Dankeschön." Wieder küsste er mich. Mein Kaffee wurde weggestellt und das Laken von meinem Körper entfernt. Ethan zog sein T-Shirt aus und verlor seine Trainingshose, bevor er sich über mich schob. Endlich wurde ich mit einem guten Blick auf seinen Körper belohnt. Vollkommen nackt. Mitten am Tag.

Heilige Mutter Gottes!

Von seinem definierten Oberkörper über seine harten Nippel bis zu seinem imposanten und wunderschönen Schwanz; ich war beeindruckt. Er war gepflegt; ich konnte nichts Merkwürdiges sehen. Er war einfach nur nett anzusehen und total männlich.

Er hielt inne und neigte seinen Kopf. „Was ist?"

Ich übte Druck auf seine Brust aus, bis er sich zurück auf seine Knie setzte. Auch ich setzte mich aufrecht hin. „Ich will dich ansehen." Ich ließ meine Hände über seinen Körper wandern, über seine Nippel und das V, das so sinnlich war, dass es gegenüber der übrigen männlichen Bevölkerung ungerecht war. Ich setzte meinen Weg fort über seine Schenkel, hart mit Muskeln und mit dunklen Haaren bedeckt. Er erlaubte mir, ihn zu berühren und den Moment zu kontrollieren. „Du bist wunderschön, Ethan."

Er gab einen Laut von sich, der tief aus seiner Kehle kam und seinen Körper erschauern ließ. Unsere Augen trafen sich und es fand ein Austausch statt, eine Kommunikation von Gefühlen. Wir verstanden beide, in welche Richtung sich diese kraftvolle Verbindung zwischen uns entwickelte.

Ich sah auf seinen Schaft, steinhart und pulsierend. Ein Tropfen bestätigte, wie bereit er für mich war. Ich wollte ihn so verzweifelt, dass es schmerzte. Ich wollte ihm Lust bereiten, wollte beobachten, wie er seine Beherrschung verlor, so wie er das auch bei mir vollbrachte, wenn er mich während eines Höhepunktes in eine Millionen Einzelteile zerriss. Ich senkte meinen Kopf und nahm seinen wunderschönen Penis in meinem Mund auf. Wenige Minuten später wurde mir mein Wunsch erfüllt.

Auch in der Dusche verloren wir die Kontrolle. Eigentlich verlor ich die Kontrolle, als er mich in eine Ecke drängte, sich auf seine Knie runterließ und den Gefallen erwiderte. Mit diesem Mann fand der Sex kein Ende. Zusammen waren wir auf den Sex-Zug aufgesprungen und ich zeigte meinen aktuellen Reisepass vor. Ich hatte nicht mehr so viel Sex gehabt, seit –

Denke jetzt nicht daran. Lass dir davon nicht den Moment mit ihm ruinieren.

Ethan hatte auf dem Rücken ein Tattoo. Genau unterhalb seiner Schultern befanden sich mittelgroße, horizontal ausgerichtete Flügel. In dem gotischen und auch fast griechisch-römischen Stil wurde das Tattoo auf schonungslose Weise dargestellt. Ich liebte das Zitat unter den Flügeln. *No more yielding but a dream.* Es fiel mir in der Dusche auf. Als er sich umdrehte, um die Seife zu holen.

„Das ist Shakespeare, richtig?" Ich ließ meine Hand über das Tattoo gleiten, und in dem Moment fielen mir die

Narben auf. Viele weiße Linien und Erhebungen. So viele, dass man sie nicht zählen konnte. Ich keuchte, meine Verzweiflung deutlich zu hören, als ich daran dachte, wie schlimm er verletzt worden sein musste. Ich wollte ihn fragen, aber ich biss mir auf die Zunge. Schließlich hatte ich auch nicht angeboten, ihm von *meinen* Narben zu erzählen.

Er drehte sich wieder zu mir und küsste mich auf die Lippen, noch bevor ich auch nur ein Wort verlieren konnte. Ethan wollte genauso wenig über seine Narben sprechen wie ich über meine.

EINE Woche verging, in der ich immer bei Ethan übernachtet hatte. Schließlich musste ich doch mal in meine eigene Wohnung gehen, um ein paar frische Kleidungsstücke zu holen. Ich musste meine Batterien wieder aufladen. Ethan stimmte zu, die Nacht bei mir zu verbringen. Ich sagte ihm, dass es gut für die Seele wäre, sich unters gemeine Volk zu mischen. Er neckte mich zurück, sagte, dass es egal wäre, solange wir Essen und ein Bett hätten, da wir schließlich die ganze Zeit nackt sein würden. Ich sagte ihm, dass er sich dort etwas anziehen müsste, wenn Gaby auftauchen sollte; dass ich meiner Mitbewohnerin nicht erlauben würde, die gottgleiche Form meines festen Freundes anzuhimmeln. Er lachte und sagte mir, dass er es liebte, die Eifersucht in meiner Stimme zu hören. Ich sagte ihm, dass er voll bekleidet und hungrig zum Abendessen erscheinen sollte. Er lachte noch immer, als wir auflegten.

Ich zog mir meine Yogahose und ein dünnes T-Shirt

an, nachdem mich Neil zu Hause abgesetzt hatte. Er hatte mich von der Rothvale Galerie abgeholt und einen kurzen Zwischenstopp beim Supermarkt eingelegt, um die Zutaten für das mexikanische Abendessen zu besorgen, das ich geplant hatte. Ethan wusste, dass Mexikanisch mein Lieblingsessen war und ich war entschlossen, ihn auf die dunkle Seite zu holen. Auf dem Menü heute Abend? Hähnchen-Tacos mit Mais-Salsa und Avocados. Falls es Ethan nicht mögen sollte, würde ich ihm einen Burrito zubereiten. Kein Kerl konnte einem Burrito widerstehen, der mit Fleisch, Bohnen, Käse und Guacamole gefüllt war. Hoffte ich jedenfalls. Die Briten waren beim Essen komisch.

Sobald ich das Hähnchen zubereitet hatte und meine Hände gewaschen waren, entschied ich mich dazu, meinen Dad anzurufen. Bei ihm war es noch früh am Morgen, aber er sollte bereits auf der Arbeit sein, und falls er nicht zu beschäftigt war, könnten wir uns für ein paar Minuten unterhalten. Ich drückte am Handy auf das Lautsprecher-Zeichen und wählte sein Büro.

„Tom Bennett."

„Hey, Daddy."

„Prinzessin! Ich habe deine Stimme vermisst. Das ist eine nette Überraschung." Ich lächelte, als ich den Spitznamen hörte, den mein Vater für mich hatte. Er nannte mich bereits Prinzessin, solange ich denken konnte. Und jetzt da ich vierundzwanzig Jahre alt war, schien es ihn auch nicht zu stören, den Spitznamen beizubehalten.

„Ich dachte, dass ich zur Abwechslung mal dich anrufe. Ich vermisse dich."

„Ist bei dir in London alles in Ordnung? Freust du dich schon auf die Olympischen Spiele? Wie ist Bennys

Show gelaufen? Mochtest du, wie die Bilder von dir auf der riesigen Leinwand gewirkt haben?"

Ich lachte. „Das waren vier Fragen auf einmal, Dad. Gib mir etwas Zeit, um dir auch zu antworten!"

„Sorry, Prinzessin. Ich bin einfach nur so aufgeregt, von dir zu hören. Du bist so weit weg und du hast ein geschäftiges Leben. Die ersten Abzüge, die du mir von deinen Fotos geschickt hast, waren atemberaubend. Erzähl mir von Bennys Show."

„Na ja, es war ein großer Erfolg. Ben hat alles richtig gemacht und seine Bilder verkauft. Außerdem hatte ich seitdem noch weitere Jobs, also werde ich es in dieser Richtung langsam angehen und sehen, wohin mich der Weg führt." Ich war froh, dass ich mit meinem Vater darüber reden konnte und dass er das Modeln unterstützte. Er fand, dass es gut für mich war – im Gegensatz zu meiner Mutter, die sich schämte, dass ihre Tochter ohne Kleidung posierte.

„Du wirst die Welt im Sturm erobern", sagte er. „Ich bin stolz auf dich, Prinzessin. Ich denke, dass dir das Modeln helfen wird. Ich hoffe, dass du das auch so siehst." Er klang etwas merkwürdig, fast schon melancholisch. „Was machst du gerade?"

„Das Abendessen. Tacos. Ich habe einen Freund, der mich besuchen kommt. Dad, ist bei dir alles in Ordnung?"

Er zögerte einen Augenblick, bevor er schließlich antwortete. Ich wusste doch, dass ihm etwas auf dem Herzen lag. „Brynne, du hast doch von dem Flugzeug gehört, das abgestürzt ist und den Abgeordneten Woodson in den Tod gerissen hat?"

„Ja. Er war derjenige, der als Vizepräsident gedacht war, richtig? Sogar hier konnte man überall davon lesen.

Warum fragst du, Dad?"

„Hast du gehört, wer Woodson ersetzen soll?"

Niemals hätte ich den Namen erwartet, den er mir mitteilte. Und einfach so kam die Vergangenheit an die Oberfläche und zeigte ihre hässliche Fratze.

„Oh nein! Erzähl mir nicht, dass Senator Oakley nominiert wurde! Das ist doch ein übler Scherz. D-dieser Mann könnte der nächste Vizepräsident der USA werden! Wie kann es sein, dass sie ihn wollen. Daddy –"

„Ich weiß, Kleine. Er hat sich in den letzten Jahren in der Nahrungskette nach oben gearbeitet. Von seinem Posten als Senator eines Staates zum U.S. Senator –"

„Yeah. Na ja, ich hoffe, dass sie alle in einem Meer aus Flammen landen."

„Brynne, das ist eine ernste Sache. Die Opposition wird in seiner Vergangenheit herumwühlen, um etwas Dreck über Oakley auszugraben – über seine Familie. Ich will, dass du dich vorsiehst. Wenn jemand auf dich zukommen oder dir etwas Verdächtiges schicken sollte, musst du mir das sofort sagen. Diese Leute haben die Möglichkeit, sehr, sehr tief zu graben. Sie sind wie Haie. Wenn sie auch nur einen Tropfen Blut wittern sollten, bereiten sie sich auf eine hinterhältige Attacke vor."

„Na ja, schließlich trägt Senator Oakleys Sohn die dämonische Saat in sich. Also nehme ich an, dass er die Schwierigkeiten bekommt."

„Ich weiß, Kleine. Genau deswegen werden Oakleys Leute alles geben, um die Familiengeheimnisse geheim zu halten. Es ist keine angenehme Situation, und auch wenn ich es hasse, dass du so weit von zu Hause weg bist, ist es vielleicht im Moment von Vorteil, dass du dich in London befindest. Ich will nicht, dass dir jemand wehtut. Je weiter du weg bist, desto besser ist das. So können keine bösartigen Geschichten – oder andere Dinge – an die Oberfläche treten, um in den Nachrichten ausgeschlachtet zu werden."

Wie ein Video zum Beispiel. Ich wusste, dass mein Vater daran dachte. Das Video war noch immer im Netz zu finden.

„Du machst dich so gut, Prinzessin. Das kann ich in deiner Stimme hören, und das macht deinen alten Herrn sehr glücklich. Also, dann erzähl mir mal von diesem Freund, für den du kochen willst. Es ist doch kein Mann, oder?"

Ich lächelte, als ich die Mais-Salsa umrührte. „Na ja, ich habe da jemanden kennengelernt, Dad. Er ist in vielerlei Hinsicht etwas Besonderes. Während Bennys Show hat er mein Foto gekauft. So haben wir uns kennengelernt."

„Wirklich."

„Jep." Es fühlte sich komisch an, meinem Dad von Ethan zu erzählen. Vielleicht weil ich ihm sonst auch nicht gerade mit Informationen über meine Ex-Freunde gefüttert hatte. Dafür hatte es nie einen Grund gegeben. Schließlich hatte ich seit langer Zeit keinen mehr gewollt.

„Erzähl mir mehr. Was macht er beruflich? Wie alt ist er? Oh, und wenn du gleich dabei bist, seine Nummer kannst du mir auch geben. Ich muss ihn anrufen, um ihn bezüglich der Regeln aufzuklären, die es zu beachten gilt, wenn er meine kleine Tochter daten möchte."

Ich ließ ein nervöses Lachen hören. „Na ja, ich denke, dafür ist es vielleicht ein bisschen zu spät, Dad. Wie schon gesagt, Ethan ist etwas Besonderes. Wir verbringen viel Zeit miteinander. Er hört mir wirklich zu und ich bin so…glücklich, wenn ich mit ihm zusammen bin. Er versteht mich."

Für einen kurzen Moment wurde mein Vater sehr still. Mir kam der Gedanke, dass er geschockt sein könnte. Ich sprach immerhin über einen Mann, der mir wirklich etwas zu bedeuten schien. Das hätte mich nicht überraschen sollen. Schließlich war Ethan der erste, mit dem ich mehrere erste Male erlebte.

„Wie lautet der Nachname von diesem Ethan und was macht er beruflich?"

„Blackstone. Er ist zweiunddreißig und es gehört ihm eine private Security-Firma. Er ist so paranoid, dass er mir einen Fahrer zur Seite gestellt hat, damit ich nicht mehr die Tube nehme. Die Massen an Leuten, die wegen der Olympischen Spiele in die Stadt kommen, machen ihn nervös. Also musst du dir wegen meiner Sicherheit keine Gedanken machen. Ethan ist ein Profi."

„Wow, das klingt nach was Ernstem. Schlaft ihr beiden mitein – also… Seid ihr in einer festen Beziehung?"

Wieder musste ich lachen. Aber dieses Mal tat mir mein Vater leid, denn sein Unwohlsein war ihm deutlich anzuhören. „Ja, Dad. Wir befinden uns in einer Beziehung. Ich habe dir doch gesagt, dass er etwas Besonderes ist." Ich bewies Geduld, als auf der anderen Seite nur Stille zu hören war. Ich nutzte die Zeit, um meine Tortillas zu erwärmen. „Vor sechs Jahren hat er in Amerika sogar ein wichtiges Pokerturnier gewonnen. Ich nahm an, dass du vielleicht schon einmal von ihm gehört hast."

„Hmmm", murmelte Dad. „Vielleicht, da müsste ich nachsehen." Ich hörte, wie sich im Hintergrund unterhalten wurde.

„Wir sollten auflegen, Dad. Du arbeitest. Ich wollte

eigentlich nur Hallo sagen und dich wissen lassen, was bei mir so los ist. Es geht mir hervorragend und die Dinge laufen gut."

„Okay, Prinzessin. Ich bin froh, dass du angerufen hast. Und ich bin glücklich, wenn meine Kleine auch glücklich ist. Pass auf dich auf und sag deinem neuen Freund, dass er ein *toter* Freund ist, falls er dir wehtun sollte. Vergiss das nicht. Und gib ihm meine Nummer. Sag ihm, dass dein Dad von Mann zu Mann mit ihm sprechen möchte. Wir können uns über Poker unterhalten."

Ich lachte. „Richtig. Das werde ich tun, Daddy. Hab dich lieb!"

Ethan kam in dem Moment durch die Tür, als ich auflegte. Er trug einen Dos Equis-Sechserpack und ein raubtierartiges Grinsen auf dem Gesicht. Ich hatte Neil meinen Schlüssel gegeben, und der hatte ihn an Ethan weitergereicht, damit er unten reinkam. Er legte den Schlüssel und das Bier auf dem Küchentresen ab, bevor er fragte: „Habe ich gerade gehört, wie du einer anderen Person Liebesbekenntnisse entgegengebracht hast?"

Ich grinste und nickte langsam. „Oh ja, und es war ein Mann."

Er stellte sich am Tresen hinter mich, legte seine Hände auf meine Schultern und massierte mich. Ich lehnte mich gegen seinen Körper und erlaubte mir, seine Berührung zu genießen. „Dieser Kerl ist wirklich ein glücklicher Bastard. Ich frage mich, was er Besonderes getan hat, um diese Ehre zu verdienen." Er warf einen Blick auf das Essen, das in Schüsseln sortiert war und ergaunerte sich etwas gekochtes Hähnchenfleisch. „Mmm", sagte er, ließ sich den Geschmack auf der Zunge zergehen und vergrub anschließend sein Gesicht in meinem Hals.

„Na ja, er hat mir immer Gutenachtgeschichten vorgelesen. Hat meine nassen Haare gekämmt, ohne dass es ziepte oder wehtat. Mir beigebracht, wie man Fahrrad fährt und schwimmt. Er hat meine Wehwehchen weggeküsst, wenn ich hingefallen bin, und am aller Wichtigsten: Als die Zeit kam, hat er immer seinen Geldbeutel für mich geöffnet."

Ethan schnaubte. „Das bekomme ich auch alles hin und noch viel mehr." Er stibitzte noch mehr Hähnchenfleisch. „Meine Stärke liegt vor allem bei dem *Mehr*-Teil."

Ich schlug seine Hand weg. „Du Dieb!"

„Du bist eine gute Köchin", hauchte er gegen mein Ohr. „Ich denke, ich muss dich behalten."

„Also magst du mein mexikanisches Abendessen. Ich habe gesehen, dass du dich am Thema orientiert hast und uns Dos Equis besorgt hast. Schlau von dir, Blackstone. Du hast Potential." Ich fing an, die Schüsseln zum Tisch zu bringen.

„Dos Equis ist aus Mexiko?" Er gab einen Laut von sich und zuckte mit den Achseln. „Ich habe mich nur dafür entschieden, weil ich die Werbung mag... *der interessanteste Mann auf der ganzen Welt.*" Sein Grinsen wirkte heimtückisch, als er mir half, das Essen zu bewegen.

„Ein Lügner und ein Dieb." Mit gespielter Enttäuschung schüttelte ich meinen Kopf. „Du hast gerade dein Potential verschossen, Blackstone."

„Ich bin mir sicher, dass ich deine Meinung später ändern kann, Bennett." Vom Spülbecken aus grinste er mich an. Hier wusch er sich die Hände und öffnete kurz darauf zwei Flaschen Bier. „Ich habe einen Überfluss an

Potential", sagte er und ließ seine Augenbrauen auf und ab hüpfen. Ethan brachte mir mein Dos Equis und ließ seinen Blick über den gedeckten Tisch schweifen, sein Kopf zur Seite geneigt. „Hilf mir kurz. Wie füge ich deine Hähnchen-Tacos zusammen? Alles riecht im Übrigen einfach köstlich."

Ich konnte nicht anders, ich musste lachen. Die Art und Weise wie er in seinem britischen Akzent „*Tacos*" aussprach, vergnügte mich ungemein. Auch wie er bestimmte Dinge formulierte. Er schaffte es immer wieder, mich zum Lachen zu bringen.

„Was ist so lustig? Amüsiere ich dich etwa, Miss Bennett?"

„Erlaube mir, dir zu helfen." Ich zeigte ihm, wie das Hähnchen, die Mais-Salsa, die saure Sahne, der geriebenen Käse und ein paar Scheiben Avocado auf die Tortilla gelegt wurde, bevor ich sie faltete. „Du bist einfach so bezaubernd, Mr. Blackstone. Dieser Akzent von dir – manchmal bringt der mich zum Lachen." Ich gab ihm den Teller mit dem Taco.

„Ahhh. Ich habe es also in kürzester Zeit geschafft, mich von dem Punkt, an dem ich mein ganzes Potenzial verloren habe, zu einem *Bezaubernd* zu steigern. Und das nur, weil ich geredet habe." Er akzeptierte den Teller und wartete, bis ich meinen Taco zubereitet hatte. „Das muss ich mir merken, Baby." Er schenkte mir dieses Ethan-Lächeln und nahm dann einen Schluck von seinem Bier.

„Also los, probiere den Taco. Gib mir dein Urteil, aber sei dir im Klaren, dass ich es *wissen* werde, wenn du mich anlügst." Mit dem Finger tippte ich gegen meine Schläfe. „Meine Superpower." Ich nahm meinen Taco in die Hand und biss ab, stöhnte im übertriebenen Maße und ließ meinen Kopf in den Nacken fallen. „So köstlich, dass mir ganz heiß wird", schnurrte ich über den Tisch.

Ethan sah mich an, als wären mir gerade Teufelshörner gewachsen. Ich konnte sehen, wie schwer er schlucken musste. Ich wusste, dass er sich für das erbarmungslose Necken später rächen würde. Aber das war mir egal. Ethan machte mir Spaß. *Wir* hatten Spaß zusammen, und das war ein weiterer Grund dafür, warum ich ihn liebte. *Liebe.* Liebte ich ihn?

Er hob den Taco an seinen Mund und biss ab. Er starrte mich an, als er erst kaute und dann schluckte. Er tupfte sich mit einer Serviette den Mund ab und betrachtete mich aufmerksam, während er so tat, als würde er seine Finger zum Zählen benutzen. Er nahm einen weiteren Schluck von seinem Bier.

„Lass mich überlegen…" Er konzentrierte sich auf mich. „Koch Bennett, ich gebe dir fünf Punkte für die Durchführung. Da du mich gleich zu Beginn ausgelacht hast, werden dir aber fünf Punkte abgezogen. Für deine Präsentation bekommst du sechs Punkte, schließlich war das ganze Gestöhne und was du mit deinem Körper angestellt hast, doch etwas unfair. Da stimmst du mir doch sicher zu, oder? Und schließlich eine neun-komma-fünf für den Geschmack." Er gönnte sich einen weiteren Biss und grinste. „Wie war das?"

Er war so attraktiv, wie er da an meinem Tisch saß, einen Taco aß, den ich gemacht hatte, und mir auf diese süße Weise sagte, wie sehr er meine Kochkünste mochte; er war einfach nur Ethan. Deswegen konnte ich meine Frage auch direkt beantworten. Liebte ich Ethan? *Ja. Ich liebe ihn.*

KAPITEL 12

Ethan in seinem Büro zu überraschen, klang nach einer guten Idee. Allerdings wollte ich das nicht ohne etwas Hilfe durchziehen. Zuerst verpflichtete ich Elaina. Ich mochte sie sehr gern. Sie schien ehrlich und sehr direkt zu sein. Eigenschaften, die ich bei einer Person wirklich schätzte. Außerdem war sie mit Neil verlobt. Das fand ich heraus, nachdem ich die Nächte immer wieder bei Ethan verbrachte. Eines Morgens, auf dem Weg zur Arbeit, als wir bereits den Fahrstuhlknopf gedrückt hatten, sah ich Elaina und Neil. Sie kamen gerade händchenhaltend aus der Haustür, die sich gegenüber von Ethans befand. Ethan fiel mein überraschter Gesichtsausdruck auf und erzählte mir, dass die beiden im Herbst heiraten würden.

Ich war erleichtert, dass Elaina nicht eifersüchtig reagierte, wenn mich ihr Verlobter durch London fuhr. Ich war mir sogar fast sicher, dass sie glücklich war, weil Ethan jetzt eine Freundin hatte. Ich hatte bemerkt, dass ihn seine

Angestellten sehr schätzten. Das gefiel mir.

„Hi, Elaina. Ich bin's, Brynne."

„Hallo, Brynne. Warum hast du denn nicht direkt auf seiner Handynummer angerufen?" Kluges Mädchen. Elaina war sich immer den logischsten Lösungen bewusst.

„Ich habe mir überlegt, ihn in der Mittagspause zu überraschen. Kannst du seine Termine für mich checken?"

Ich hörte, wie sie blätterte und mich auf die Warteschleife legte. „Er wird sich heute den ganzen Tag im Büro aufhalten. Beschäftigt mit Telefonkonferenzen und ähnlichen Dingen, aber er hat keine Termine außer Haus geplant."

„Vielen Dank, Elaina. Ich hätte ja Frances fragen können… das Problem ist nur, dass Ethan ihre hereinkommenden Anrufe sieht. Er hört also, wenn ich mich bei ihr melde. Kann ich euch allen etwas von *King's Delicatessen* mitbringen? Ich wollte Sandwiches holen. Mein Gedanke war, dass er nicht erfahren würde, dass ich die Bestellfee spiele, wenn du Frances sagen könntest, Ethan zu sagen, dass *sie* bestellen würde."

Elaina lachte und legte mich erneut in die Warteschleife, während sie jeden nach den Essenswünschen fragte. „Frances hat mir aufgetragen, dir auszurichten, dass sie deinen Stil mag, Brynne. Den Boss auf Trab zu halten, kann ihm nicht schaden."

„Der Meinung bin ich auch", sagte ich, als ich die Sandwich-Bestellungen notierte. „Vielen Dank für deine Hilfe. Ich sollte in einer Stunde bei euch sein."

Ich legte auf, nur um den Sandwich-Laden anzurufen und meine Bestellung aufzugeben. Dann meldete ich mich bei Neil. Während ich auf ihn wartete, säuberte ich meinen Arbeitsplatz und organisierte meine Instrumente. Für heute war ich hier fertig und ich würde fast eine ganze Woche nicht herkommen. Die Prüfungen rückten näher und ich musste lernen. Ich würde mich in nächster Zeit in Ethans Wohnung verbarrikadieren. Während er arbeitete, würde ich meine Nase in Bücher stecken. Ich wollte seinen Fitnessraum und diese perfekte Kaffeemaschine benutzen; ich wollte mich einfach für eine Zeit in Luft auflösen. Ich brauchte die Zeit, genau wie meine Noten.

Ich warf einen letzten Blick auf *Lady Percival* und musste lächeln, als wieder dieses stolze Gefühl durch meinen Körper strömte. Ich war gut bei ihr vorangekommen, und das Beste war, dass ich jetzt den Namen des Buches kannte, das sie in ihren Händen hielt. Ethan hatte mir dabei geholfen, das Rätsel zu lösen, als er mich eines Morgens zur Arbeit gebracht und ich ihn hereingebeten hatte.

Das Buch meiner mysteriösen Dame war so besonders, dass die Mallerton Society das Gemälde bei der Geburtstagsausstellung zeigen wollte, obwohl es noch nicht wieder völlig hergestellt war. Sie wollten sie als Beispiel dafür verwenden, dass man mit der richtigen Restaurations- und Säuberungstechnik missverständliche Hinweise hervorlocken konnte. Die Enthüllung des Buchtitels hatte außerdem das Interesse an dem Künstler erhöht. Sir Tristan Mallerton machte eine Renaissance durch, obwohl er bereits seit langer Zeit tot war.

Mein Handy vibrierte. Eine Nachricht von Neil. Er stand vor der Tür. Ich suchte meinen Kram zusammen und winkte Rory noch zum Abschied zu, bevor ich das Gebäude verließ.

Neil half mir mit dem Essen und benutzte die Firmen-Kreditkarte, um alles zu bezahlen. Ich bedachte ihn daraufhin mit einem wütenden Blick.

„Schließlich denkt er, dass Frances das Essen bestellt hat. Wenn du bezahlen würdest, würde er sich wie ein totaler Idiot aufführen, sobald er hinter die Sache kommt", sagte Neil.

„War er schon immer so kontrollierend, Neil?", fragte ich, als wir wieder im Auto saßen und uns auf den Weg zum Unternehmen machten. Neil und ich hatten uns aneinander gewöhnt und pflegten ein harmonisches Verhältnis. Wir respektierten die Position und die Bedürfnisse des jeweils anderen, und nur deswegen funktionierte unsere Beziehung.

„Nein." Neil schüttelte seinen Kopf. „Als E bei den SF ausstieg, wies er eine gewisse Härte auf. Aber der Krieg verändert jeden, vor allem wenn man der Situation vor Ort zu nahe kommt. E konnte nicht noch näher kommen, aber er hat es trotzdem lebend herausgeschafft. Er ist ein laufendes Wunder."

„Ich habe seine Narben gesehen", sagte ich.

„Hat er dir erzählt, was in Afghanistan mit ihm passiert ist?" Neil sah in den Rückspiegel, als er die Frage stellte.

„Nein", antwortete ich ehrlich, obwohl mir klar war, dass Neil mir jetzt keine weiteren Informationen geben würde. Ich würde also über Ethans Vergangenheit genauso wenig Bescheid wissen wie er über meine.

Elaina half mir, das Essen zu verteilen und Frances trieb mich mit einem selbstzufriedenen Grinsen auf den Lippen in Ethans Allerheiligstes, bevor sie die Tür hinter mir zumachte.

Er telefonierte.

Mein hinreißender Mann war am Arbeiten. Trotzdem

streckte er seine Hand nach mir aus. Ich legte die Sandwiches auf den Schreibtisch und lief zu ihm. Er schlang seinen Arm um meine Taille und zog mich auf seinen Schoß, ohne seinen Geschäftsanruf zu unterbrechen.

„Korrekt. Das ist mir bewusst. Aber du wirst diesen Idioten ausrichten, dass Blackstone die königliche Familie vertritt. Es soll kein Ausgang unbewacht bleiben, wenn Ihre Majestät bei der Eröffnungszeremonie auftaucht, um ihren Segen zu geben. In diesem Punkt wird nicht verhandelt…"

Ethan fuhr mit seinem Anruf fort und ich fing an, sein Mittagessen auszupacken. Seine Hand ließ er in meinen Nacken gleiten, und dann streichelte er mich an dieser Stelle. Es fühlte sich himmlisch an, dass er mich berührte, obwohl jeder Volltrottel sehen konnte, wie beschäftigt er war.

Ich legte sein Essen auf einen Teller und öffnete dann mein Essen. Ich nahm einen Bissen von meinem Hähnchensalat-Sandwich auf Weizenbrot, während er meinen Nacken massierte. Daran könnte ich mich wirklich gewöhnen. Ethan war so anschmiegsam, und ich liebte es, dass er mich immer berühren wollte. Er schien den Körperkontakt zu brauchen. Ich war schon fast mit der Hälfte meines Sandwiches fertig, als er den Anruf beendete.

Er benutzte beide Hände, um mich auf seinem Schoß umzudrehen. Er gab mir einen netten Kuss und stöhnte. „Endlich. Manchmal fühlt es sich so an, als würde man mit einer Wand sprechen", murmelte er. Er lächelte mich an und sah auf den Teller. „Du hast mir Mittagessen mitgebracht… und dein köstliches Selbst."

Ich erwiderte das Lächeln. „Das habe ich."

„Was soll ich zuerst verschlingen? Das Sandwich oder dich?" Er ließ seine Augenbrauen auf und ab hüpfen, während seine Hand ihren Weg unter meinen Pullover fand.

„Ich denke, dass du zuerst das Sandwich angehen solltest, bevor ein neuer Anruf hereinkommt", sagte ich ihm.

Sein Telefon klingelte.

Er sah es mit einem mürrischen Gesichtsausdruck an. Der zweite Anruf ging allerdings schnell und er schaffte es, sein Roastbeef auf Roggenbrot zu beginnen, bevor der dritte Anruf kam. Er machte den Lautsprecher an, damit er gleichzeitig essen und sich unterhalten konnte. Das war nicht besonders elegant, aber es funktionierte.

Er streichelte mir mit der Hand über den Rücken. Ich war einfach so froh, dass ich bei ihm war. Auch wenn ich ihm nur beim Arbeiten zuschauen konnte. Wir hatten nicht viel Zeit füreinander. Trotzdem gab Ethan mir das Gefühl, dass es eine gute Entscheidung gewesen war, ihm im Büro zu überraschen. Wir hatten im Moment beide wahnsinnig viel zu tun. Sein Job konnte nicht noch verrückter sein. Schließlich war es nicht mehr lange hin bis zu den Olympischen Spielen und dass London die ganze Sache austrug. Er hätte mir einfach ein Telegramm zukommen lassen sollen, mit den Worten: ,*Ich habe gerade dein Foto gekauft und ich möchte dich besser kennenlernen. Mitte August hätte ich wieder Zeit.*'

Er ließ die Einstellung auf Lautsprecher und wir schafften es, zwischen den Anrufen und dem Essen auch ein paar kleine Küsse einzuarbeiten. Aber irgendwann konnte man unsere Zeit nicht länger als Mittagspause bezeichnen.

„Ich sollte gehen, Ethan." Ich küsste ihn und versuchte, mich von seinem Schoß zu erheben.

„Nein." Er hielt mich fest. „Ich will nicht, dass du schon gehst. Ich mag es, dich hier zu haben. Du beruhigst mich, Baby." Mit seinem Kopf auf meinem sagte er: „Du bist für mich wie ein Sonnenstrahl, der sich im Nebel aus Ignoranz und Frustration durchgesetzt hat."

„Wirklich? Du bist froh, dass ich hier aufgetaucht bin und deinen Tag verkompliziert habe, nur um dir Essen aufzuzwingen?" Ich spielte mit seinem Krawattenclip und glättete die Krawatte. „Du bist so beschäftigt, dass ich doch nur störe."

„Nein, das tust du nicht." Er ließ seine Lippen über meinen Hals gleiten. „Das beweist nur, dass du mich gern hast", sagte er leise.

„Das habe ich, Ethan", flüsterte ich.

„Also bleibst du noch ein bisschen länger?"

Wie könnte ich *Nein* sagen, wenn er doch so süß zu mir war? „Okay, aber nur eine Stunde. Dann muss ich wirklich los. Ich muss noch bei meiner Wohnung vorbei, um ein paar Sachen zu holen. Ich muss für die Prüfungen lernen, und ich will noch ein Workout dazwischenschieben. Du bist nämlich nicht der Einzige, der super beschäftigt ist." Ich kniff ihm ins Kinn und er grinste mich an.

„Ich will mich mit dir beschäftigen. Hier und jetzt, auf meinem Schreibtisch", knurrte er, als er mich hochhob und meinen Arsch auf den riesigen und exekutiven Schreibtisch plumpsen ließ.

Ich quietschte, als er mich ansprang, meine Beine spreizte, damit er sich dazwischen schieben konnte.

„Ethan! Wir sind in deinem Büro! Das sollten wir nicht tun!"

Er schob eine Hand unter seinen Schreibtisch und ich hörte das Klicken, als die Tür abgeschlossen wurde. „Ich will dich gerade so verzweifelt haben. Ich brauche dich, Brynne. Bitte?"

Er berührte mich überall. Seine Hände packten mich und er drückte mich auf den Schreibtisch, während er seine Hüften gegen meine Mitte presste. Ich erlaubte ihm, mich auf die Oberfläche zu drücken und mich an die Tischkante zu ziehen, mein Körper willig und heiß auf ihn. Seine entschlossenen Finger fanden ihren Weg zu meinem Höschen und schälten es meine Beine runter, über meine Stiefel, bevor es irgendwo auf dem Büroboden landete. Ich musste erkennen, dass sich Ethan immer dann als Opportunist herausstellte, wenn ich einen Rock trug.

„Du bist verrückt", murmelte ich, auch wenn es mir egal war, dass wir kurz davor standen, auf seinem Schreibtisch Sex zu haben, und das ausgerechnet in seinem Büro.

„Verrückt nach dir", sagte er, als er mit den Fingern über meine Klitoris schnellte, und es dauerte nicht lange, bis ich feucht wurde. Ich hörte, wie er seinen Gürtel und den Reißverschluss öffnete. Und dann sank er mit seiner köstlichen Länge in meine feuchte Hitze, langsam und tief.

Er lehnte sich über mich und nahm mein Gesicht zwischen seine Handflächen. Er küsste mich hart, stieß seine Zunge in meinen Mund, so wie er das immer tat. Ethan dominierte mich während dem Sex. Er wollte seine Zunge, seine Finger und seinen Schwanz gleichzeitig in mir haben. Als könnte er mich nur auf diese Weise vollkommen in Besitz nehmen. Ich wusste nicht, warum er das wollte. Vielleicht war es nur seine Art. Aber ich liebte es. Seine Art war ehrlich und direkt. Ich wusste, was ich von Ethan zu erwarten hatte und es endete immer mit einem Orgasmus, der meinen Körper zum Erbeben brachte.

Ethan fing an, sich zu bewegen und ich tat es ihm gleich. Es war wild. Wir ließen uns auf seinem Schreibtisch gehen und fickten von Lust getrieben, als sein Telefon erneut klingelte. Er hatte den Lautsprecher angelassen. „Geh nicht dran", keuchte ich, als ich kurz vor dem Orgasmus stand.

„Auf keinen Fall", ächzte er, und im gleichen Moment zog er das Tempo seiner Stöße an. Sein Schwanz schwoll an, wurde steinhart. Ein Zeichen dafür, dass auch er dem Höhepunkt näherkam.

Er rieb mit seinen magischen Fingern über meine Klitoris und ich verlor jegliche Kontrolle. Ich biss mir auf die Lippe, um einen Schrei zu unterdrücken. Ethan folgte mir. Er bedeckte meinen Mund mit seinem, um uns beide vom Schreien abzuhalten, während er sich in mir ergoss.

Der unbeantwortete Anruf wurde zwar auf die Mailbox weitergeleitet, war allerdings noch immer durch den Lautsprecher zu hören.

„Ethan Blackstone ist derzeit nicht erreichbar. Bitte hinterlassen Sie eine Nachricht und eine Telefonnummer, mit der wir Sie erreichen können –"

Der Piep ertönte und wir keuchten, unsere Gesichter nur wenige Zentimeter voneinander entfernt. Ich lächelte ihn an. Er glättete meine Haare mit liebevollen Bewegungen und küsste mich, wie das nur ein Partner tun würde. Bei ihm fühlte ich mich wertgeschätzt. Nur er löste dieses Gefühl in mir aus.

„Du bist ein Arschloch, Blackstone. Ich habe dich angeheuert, damit du meine Tochter beschützen kannst, nicht um mit ihr Sex zu haben! Sie hat die Hölle auf Erden durchgemacht und das Letzte, was sie jetzt braucht, ist ein herzzerreißender Verrat. So wie sie von dir spricht, lässt mich glauben, dass sie bereits in dich verliebt –"

Ethan tastete nach dem Telefon, um es auszuschalten, aber es war bereits zu spät. Ich hatte die Stimme meines eigenen Vaters laut und deutlich vernommen. Jetzt kannte ich… die Wahrheit über Ethan und mich. Ich versuchte, ihn von mir wegzustoßen, kämpfte, damit er von mir zurücktrat.

„Brynne, nein! Lass mich dir das bitte erklären –"

Er war kreidebleich und sein Gesicht zeugte von Entsetzen, als er mich unter ihm festhielt, während unsere Körper noch immer vereint waren.

„Geh runter von mir. Zieh deinen Schwanz aus mir heraus und lass mich los, du gottverdammter Lügner!"

Er hielt mich an sich gepresst, seine Augen bohrten sich in meine. „Baby… hör mir zu. Ich wollte es dir sagen; ich war schon lange dazu bereit, aber ich will dich nicht an schlimme Zeiten erinnern. Ich will dich nicht verletzen –"

„Geh. Sofort. Von. Mir. Runter."

„Bitte verlass mich nicht. Brynne, ich-ich wollte dir nicht wehtun, ich wollte dich nur vor der Erinnerung beschützen. Jemand hat es auf dich abgesehen, es gibt eine Bedrohung… und dann habe ich dich kennengelernt und ich konnte nicht aufhören, dich zu wollen. Ich konnte mich nicht von dir fernhalten." Er versuchte, mich zu küssen.

Ich drehte meinen Kopf weg und schloss meine Augen. Das Vertrauen, das ich für diesen Mann aufgebaut hatte, löste sich in Wohlgefallen auf. Stattdessen spürte ich jetzt diesen schrecklichen Schmerz in meinem Herzen. Er wusste es. Er wusste, was mir passiert war. Wahrscheinlich hatte er sogar das Video gesehen. Und jetzt gab es Leute, die mich verletzen wollten? Warum? Er war von meinem Vater engagiert worden und hatte es die ganze Zeit gewusst. Nur ich hatte von all dem nichts geahnt. Wie konnte er mir das antun? Wie konnte der Ethan, der mich verraten hatte, der gleiche Mann sein, in den ich verliebt war?

„Waterloo." Ich sah ihn wieder an, mein Blick entschlossen.

„Nein… nein… nein", wiederholte er immer wieder. „Bitte nicht, Brynne." Er schüttelte seinen Kopf, seine Augen zeigten, wie verzweifelt er war.

„Water-verficktes-loo, Ethan. Und wenn du nicht sofort von mir runtergehst, werde ich alles zusammenschreien." Ich sprach laut und deutlich, mein Herz verhärtet und schwarzes Blut blutend. *Blackstone Blut.*

Er zog sich aus mir zurück und half mir in eine aufrechte Position. Ich hüpfte von seinem Schreibtisch runter und schnappte mir meine Tasche. Er machte seine Hose zu und wagte einen neuen Versuch. „Brynne, Baby, ich-ich liebe dich. Ich liebe dich so sehr. Ich würde alles tun, um dir Schmerz zu ersparen. Es tut mir leid, es tut mir leid, es tut mir so verdammt leid."

Ich versuchte, die Tür zu öffnen, aber sie gab nicht nach. „Aufmachen", verlangte ich.

„Hast du gehört, was ich gerade gesagt habe?"

Ich sah ihn an und nickte. „Öffne die Tür, damit ich gehen kann." Ich sprach mit monotoner Stimme, überrascht darüber, dass ich kein heulendes Nervenbündel war, das sich auf dem Boden in eine Fötusstellung zusammenrollte. Ich musste hier raus und in meine Wohnung. Ich hatte nur ein Ziel: Die Flucht zu ergreifen.

Er rieb sich die Schläfen und sah auf den Boden. Dann ging er zu seinem Schreibtisch und streckte seine Hand nach dem Knopf aus, der mich in seinem Büro gefangen hielt. Ich hörte das klickende Geräusch und war keine Sekunde später aus der Tür raus.

„Vielen Dank für das leckere Mittagessen, meine Liebe", rief mir Frances hinterher, als ich an ihr vorbeirannte.

Ich winkte ihr zum Abschied noch zu, aber es war mir nicht möglich, ihr zu antworten. Ich verließ einfach das Gebäude. Ich hatte meine Handtasche, und auch wenn ich keine Unterwäsche hatte, würde ich sicherlich nicht zurückgehen, um sie ausfindig zu machen. *Einfach raus hier und dann nach Hause. Einfach raus hier und dann nach Hause... einfach raus hier —*

Oh, mein Gott, ich verließ Ethan. Was wir auch hatten, es war vorbei. Er hatte mich angelogen und jetzt würde ich ihm nicht mehr vertrauen können. Er hatte gesagt, dass er mich liebte. Machte man das, wenn man jemanden liebte? Man log?

Auch mit Elaina wechselte ich kein Wort, als ich im Rezeptionsbereich an ihr vorbeilief, um zu den Fahrstühlen zu kommen. Ich drückte den Knopf und bemerkte in diesem Moment, dass er genau hinter mir war. Ethan war mir nachgerannt und trotzdem brach ich noch nicht zusammen.

„Brynne... Baby, bitte geh jetzt nicht. Gott, ich-ich habe es versaut. Ich liebe dich. Bitte —"

Er legte seine Hand auf meine Schulter und ich

zuckte zusammen. „Das tust du nicht", waren die einzigen Worte, die ich zustande brachte.

„Doch, das tue ich!", brüllte er, und er klang wütend. „Du kannst mich verlassen, aber ich werde dich auch weiterhin beschützen. Ich werde dich beobachten, um sicherzugehen, dass du in Sicherheit bist und dich niemand verletzt!"

„Und wer beschützt mich vor dir?", spie ich zurück. „Du bist gefeuert, Ethan. Kontaktiere mich nie wieder." Der Fahrstuhl dingte und die Türen öffneten sich. Ich stieg ein und drehte mich in seine Richtung.

Er hob seinen Kopf und öffnete flehend seinen Mund, um mir verständlich zu machen, dass ihm die Situation in der Seele wehtat. *Nicht so sehr wie mir.* Aber er wirkte gequält und verzweifelt. „Brynne... tu das nicht", flehte er mich an, als sich die Türen langsam schlossen, um mich in der Kabine einzuschließen. Ich war allein.

Ich hörte ein lautes Krachen, als mich der Fahrstuhl nach unten transportierte, zusammen mit den Worten *Verdammt* und *Scheiße*, die ich nur zu gut hören konnte und er immer und immer wieder wiederholte. Unten angekommen, würde ich ein Taxi heranrufen, das mich zu meiner Wohnung bringen würde. Dort könnte ich endlich zusammenbrechen, in der Sicherheit meiner vier Wände, wo ich so bald wie möglich unter meine Bettdecke kriechen, mich zu einem Ball zusammenrollen und versuchen würde, ihn zu vergessen. Ethan Blackstone. Ein aussichtsloses Unterfangen. Das wusste ich. Es würde mir niemals gelingen, Ethan zu vergessen. Niemals.

ÜBER DIE AUTORIN

Raine hat schon im zarten Alter von dreizehn, Liebesromane gelesen. Das erste Buch, an das sie sich erinnert, war *The Flame is Love* von Barbara Cartland aus dem Jahr 1975. Man kann wohl mit Sicherheit sagen, dass sie auch niemals aufhören wird, Liebesromane zu lesen; schließlich schreibt sie jetzt auch selbst. Aber wahrscheinlich sind Raines Geschichten auf eine Art und Weise geschrieben, bei der sich Frau Cartland im Grab umdrehen würde. Allerdings weiß Raine auch, dass ein großgewachsener, dunkelhaariger und gutaussehender Held wohl nie aus der Mode kommen wird.

Noch vor ein paar Jahren hat Raine als Lehrerin gearbeitet. Jetzt verbringt sie ihre Tage als Vollzeitautorin, um euch rund um die Uhr mit sexy Geschichten zu versorgen. Raine verehrt ihren Mann. Die beiden haben zwei brillante Söhne. Und zusammen schaffen sie es, Raine wieder in die Wirklichkeit zu holen, wenn sie sich in ihren eigenen Geschichten verliert. Ihre Söhne wissen, dass sie schreibt. Aber sie haben niemals danach gefragt, eines ihrer Bücher zu lesen (Gott sei Dank). Sie liebt es, sich mit ihren Lesern auszutauschen und über die Charaktere in ihren Büchern zu chatten.

Wenn dir dieses Buch gefallen hat, dann wird es dich freuen, zu hören, dass der 2. Teil bald folgen wird. Dieser Teil ist aus der Sicht von Ethan geschrieben. Auf den nächsten Seiten findest du das 1. Kapitel aus *Alles oder nichts*, Die Affäre Blackstone - Band 2, in dem die Geschichte von Brynne und Ethan fortgesetzt wird, und zwar mit viel Liebe, Leidenschaft, Überraschungen und natürlich ganz vielen Momenten zum Dahinschmelzen.

Finde Raine hier:

www.RaineMiller.com

Facebook: @rainemillerdeutsch

Twitter: @Raine_Miller

Instagram: @raine.miller2

VORSCHAU

Alles Oder Nichts
DIE AFFÄRE BLACKSTONE, BAND 2

KAPITEL 1

Meine Hand pulsierte im Rhythmus meines Herzschlages. Ich beobachtete, wie sich die verschlossen Türen des Fahrstuhls durch meinen Atem beschlugen, als er mir das Wichtigste in meinem Leben entriss.

Ich sollte kurz nachdenken.

Ihr hinterherzurennen, würde nichts bringen, also verließ ich die Lobby und ging in den Pausenraum. Dort fand ich Elaina, die sich gerade einen Kaffee holte. Ihre Augen waren auf den Boden gerichtet, während sie so tat, als wäre ich nicht im Raum. Kluge Frau. Ich hoffte, dass sich jeder Idiot auf diesem Stockwerk ein Beispiel daran nahm. Ansonsten würden sich ein paar vielleicht bald nach einem neuen Job umsehen müssen.

Ich warf Eiswürfel in einen Plastikbeutel und schob meine Hand hinein. Scheiße verdammt, das brannte! Ich konnte Blut an meinen Fingerknöcheln sehen und ich war mir fast sicher, dass auch die Wand neben dem Fahrstuhl Blutspuren aufwies. Ich ging in die Richtung meines Büros, mit der Hand noch immer im Beutel, und teilte Frances auf dem Weg mit, dass sie den Hausmeister anrufen sollte, damit er die blutige Delle in der Wand reparieren konnte.

Frances nickte und sah auf den Beutel, der am Ende meines Armes zu finden war. „Brauchst du einen Arzt, damit er sich das ansehen kann?", fragte sie – ihr Gesichtsausdruck kam der einer Mutter gleich. Jedenfalls meine Vorstellung einer Mutter. An meine erinnerte ich mich kaum. Das war wahrscheinlich der Grund, warum ich mein Bild einer Mutter auf sie projizierte.

„Nein." *Ich brauche keinen verdammten Arzt, ich brauche mein Mädchen zurück!*

Ich ging direkt in mein Büro und machte die Tür hinter mir zu. Ich holte eine Flasche Van Gogh aus der Minibar und öffnete sie. Dann suchte ich in der Schreibtischschublade nach meinen Djarum Blacks und dem Feuerzeug, das ich auch dort aufbewahrte. Seit ich Brynne kennengelernt hatte, stellte ich keinen Rekord mehr auf, wenn es um den Zigarettenverbrauch ging. Allerdings müsste ich mir heute notieren, meinen Vorrat aufzustocken.

Jetzt brauchte ich noch ein Glas für den Wodka, oder vielleicht auch nicht. Die Flasche würde ausreichen. Mit der Flasche in meiner verletzten Hand nahm ich einen Schluck und hieß den Schmerz willkommen.

Scheiß auf die Hand; mein Herz war gebrochen.

Ich starrte ihr Bild an, das ich von ihr gemacht hatte, als ich mit ihr bei der Arbeit war und sie mir das Gemälde mit dem Buch gezeigt hatte. Ich erinnerte mich, wie ich mein Handy benutzt hatte, um ein Foto zu machen und ich mehr als überrascht gewesen war, als ich erkannte, wie gut es geworden war. So gut sogar, dass ich es heruntergeladen und einen Abzug für mein Büro ausgedruckt hatte. Es spielte keine Rolle, dass das Foto durch ein Handy entstanden war, denn Brynne sah durch jedes Kameraobjektiv perfekt aus. Vor allem aber, wenn ich sie mit dem bloßen Auge betrachtete. Manchmal schmerzte es, sie anzusehen.

Ich erinnerte mich an diesen bestimmten Morgen mit ihr. Ich konnte sie mir vor meinem inneren Auge vorstellen. Als ich das Foto von ihr gemacht hatte, schenkte sie dem alten Gemälde gerade ihr Lächeln. Sie war so glücklich gewesen...

Ich parkte auf dem Parkplatz der Rothvale Galerie und machte den Motor aus. Es war ein trister Tag, verregnet und kühl, aber nicht in meinem Auto. Brynne neben mir sitzen zu haben, gekleidet für die Arbeit, wunderschön, sexy, wie sie mich anlächelte, schürte ein Feuer in mir, und das, was wir heute Morgen geteilt hatten, war die verdammte Kirsche auf der Torte gewesen. Und ich meinte nicht den Sex. Mir in Erinnerung zu rufen, was wir in der Dusche getan hatten, würde mir durch den Tag helfen – gerade so. Heute Abend würde ich sie wiedersehen und Zeit mit ihr verbringen. Ich wusste, dass sie mir gehörte und dass ich sie jederzeit nehmen könnte, wenn sie im Bett neben mir lag. Dieses Wissen löste ein unbeschreibliches Glücksgefühl in mir aus. Aber es waren auch die

Gespräche, die wir miteinander teilten. Die Schutzmauer, die sie um sich errichtet hatte, schien endlich zu bröckeln. Ich war mir fast sicher, dass sie mich ebenso mochte wie ich sie. Es wurde höchste Zeit, dass wir über eine gemeinsame Zukunft sprachen. Ich wollte so viel mit ihr.

„Habe ich dir schon einmal gesagt, wie sehr ich es mag, wenn du mich anlächelst, Ethan?"

„Nein", antwortete ich. Mein Lächeln verschwand und ich wurde ernst. „Sag es mir jetzt."

Sie schüttelte ihren Kopf, sah aus dem Fenster und beobachtete den Regen, als sie erkannte, was ich vorhatte. „Immer wenn du lächelst, fühle ich mich wie jemand Besonderes, weil ich denke, dass du das in der Öffentlichkeit nicht sehr häufig machst. Ich würde dich als reserviert bezeichnen. Wenn du mich dann aber anlächelst, raubt mir das den Atem."

„Sieh mich an." Ich wartete, dass sie auf meine Worte reagierte, denn ich wusste, dass sie das tun würde. Das war eine andere Sache, die wir diskutieren mussten, auch wenn es für mich schon immer offensichtlich gewesen war. Brynne verhielt sich mir gegenüber unterwürfig. Sie akzeptierte, was ich ihr geben wollte. Der Dom in mir hatte seine Muse gefunden. Nur ein weiterer Beweis dafür, dass wir perfekt füreinander waren.

Ich raube dir also den Atem, huh?

Sie sah mich mit ihren braun/grünen/grauen Augen an und wartete, während mein Schwanz in meiner Hose pochte. Ich könnte sie hier und jetzt nehmen, in diesem Auto, und trotzdem würde ich mich bereits wenige Sekunden später wieder nach ihr verzehren. So sehr war ich ihr verfallen.

„Meine Güte, wie schön du bist, wenn du das machst."

„Wenn ich was mache, Ethan?"

Ich strich eine Strähne ihres samtweichen Haares hinter ein Ohr und schenkte ihr wieder ein Lächeln. „Nicht so wichtig. Du machst mich einfach nur glücklich, das ist alles. Ich liebe es, dich zur Arbeit zu fahren, nachdem ich dich die ganze Nacht in meinem Bett hatte."

Sie wurde rot und wieder verspürte ich den Drang, sie zu ficken.

Nein, das stimmte nicht ganz. Ich wollte Liebe mit ihr machen…langsam. Ich stellte mir ihren Körper vor, ausgebreitet und nackt, nur um sie auf jede erdenkliche Art und Weise zu befriedigen. Alles mein. Brynne ließ mich jedes Gefühl wahrnehmen…

„Würdest du gerne mit reinkommen und dir ansehen, an was ich gerade arbeite? Hast du Zeit dafür?"

Ich hob ihre Hand an meine Lippen und nahm den Duft ihrer Haut in mich auf. „Ich dachte schon, dass du mich das nie fragen würdest. Weise die Richtung, Professor Bennett."

Sie lachte. „Irgendwann vielleicht. Dann werde ich diese schwarze Robe tragen und eine Brille und meine Haare in einer Hochsteckfrisur. Ich werde Seminare geben, um die richtige Konservierungstechnik weiterzugeben, und du kannst in der letzten Reihe sitzen und mich mit unangebrachten Zwischenrufen und Blicken ablenken."

„Ah ja. Und du wirst mich in dein Büro zitieren, um mich zurechtzuweisen? Wirst du mir eine Lektion erteilen, Professor Bennett? Ich bin mir sicher, dass wir zu einer Einigung gelangen können, um mein respektloses Verhalten wieder gutzumachen." Ich legte meine Hand auf ihren Schenkel.

„Du bist verrückt", teilte sie mir kichernd mit, als sie mich von sich schob. „Lass uns reingehen."

Zusammen rannten wir durch den Regen, mein Regenschirm schützte uns, ihre schlanke Form an mich gepresst. Sie duftete nach Blumen und Sonnenschein, und ich hatte das Gefühl, der glücklichste Mann auf Erden zu sein.

Sie machte mich mit dem Sicherheitsmann bekannt, der

eindeutig in sie verliebt war, und führte mich dann in das hintere Studio. Breite Tische und Hocker befanden sich darin, mit gutem Licht und viel Platz. An der Hand zog sie mich zu einem alten Ölgemälde, das eine dunkelhaarige, ehrwürdige Dame mit durchdringend blauen Augen zeigte, die ein Buch in den Händen hielt.

„Ethan, sag Hallo zu Lady Percival. Lady Percival, mein Freund, Ethan Blackstone." Brynne lächelte das Gemälde an, als wären sie die besten Freunde.

Ich verbeugte mich und sagte: „MyLady."

„Sie ist einfach umwerfend, oder?", fragte Brynne.

Ich sah mir das Bild aufmerksam an. „Na ja, sie ist auf jeden Fall eine faszinierende Persönlichkeit. Man hat das Gefühl, dass sie hinter diesen blauen Augen eine Geschichte verbirgt." Ich studierte das Buch genauer, bei dem die Vorderseite dem Betrachter zugewandt war. Es war recht schwer, die Worte auszumachen, aber als ich realisierte, dass es Französisch war, wurde es einfacher.

„Im Moment konzentriere ich mich vor allem auf den Bereich mit dem Buch", sagte sie. „Sie war vor Jahrzehnten einem Feuer ausgesetzt und hat dadurch Schäden davongetragen, und es hat sich als Herausforderung erwiesen, das geschmolzene und angetrocknete Öl von dem Buch zu bekommen. Es muss sich etwas Besonderes dahinter verbergen; das kann ich fühlen."

Wieder sah ich auf das Gemälde und dieses Mal konnte ich das Wort Chrétien *ausmachen. „Es ist Französisch. Dort steht der Name Christian." Ich zeigte auf die Stelle.*

Ihre Augen weiteten sich und ich konnte die Aufregung in ihrer Stimme hören. „Wirklich?"

„Ja. Und ich bin mir sicher, dass hier Le Conte du Graal *steht. Die Geschichte des Gral?" Ich sah Brynne an und zuckte mit den Schultern. „Die Frau in dem Gemälde wird doch Lady Percival genannt, richtig? Hieß nicht der Ritter Perceval, der in König Artus'*

Legende den Heiligen Gral gefunden hat?"

„Mein Gott, Ethan!" Aus der Aufregung heraus packte sie meinen Arm. „Natürlich! Percival… das ist ihre Geschichte. Du hast es herausgefunden! Lady Percival hält ein wirklich sehr seltenes Buch in den Händen. Ich wusste doch, dass es etwas Besonderes sein musste! Eine der ersten Geschichten über König Artus, die jemals geschrieben wurde; damals im zwölften Jahrhundert. Das Buch von Chrétien de Troyes: Perceval, oder die Geschichte des Heiligen Gral."

Sie wandte sich wieder dem Gemälde zu, ihr Gesicht strahlte vor Freude, und ich suchte nach meinem Handy und machte ein Foto von ihr. Ein atemberaubendes Bild im Profil, während Brynne Lady Percival anlächelte.

„Ich bin froh, dass ich dir helfen konnte, Baby."

Sie kam in meine Arme geflogen und küsste mich auf die Lippen, während sich ihre Arme um meinen Körper wickelten. Das wundervollste Gefühl auf Erden.

„Das hast du! Du weißt gar nicht, wie sehr du mir geholfen hast. Ich werde noch heute die Mallerton Society anrufen, um ihnen mitzuteilen, was du entdeckt hast. Das wird sie mit Sicherheit interessieren. Nächsten Monat wird es zu Ehren seines Geburtstages eine Ausstellung geben… Ich frage mich, ob sie das Gemälde unter diesen Umständen vielleicht sogar mit berücksichtigen…"

Brynne erzählte mir alles, was es über seltene Bücher, seltene Bücher in Gemälden und die Konservierung von seltenen Büchern in Gemälden zu wissen gab. Sie war so aufgeregt, dass sie mit dem Reden gar nicht mehr aufhörte. Ihr Gesicht war errötet; sie war freudig erregt, das Geheimnis gelöst zu haben. Dieses Lächeln und ein Kuss von ihr waren mit Gold nicht aufzuwiegen.

…ICH öffnete meine Augen und versuchte, mich wieder

unter Kontrolle zu bekommen. Mein Kopf fühlte sich an, als wäre ich gegen eine Wand gerannt. Eine halb leere Flasche Van Gogh starrte mich an. Zigarettenstummel lagen auf meinem Schreibtisch verteilt, auf dem meine Wange festklebte, und meine Nase nahm den Geruch von Zigarettenrauch und Tabak wahr. Ich schälte mich von dem Holz und stützte meinen Kopf mit den Händen ab, gehalten von den Ellbogen, die fest auf dem Schreibtisch positioniert waren.

Derselbe Schreibtisch, auf dem ich sie vor wenigen Stunden ausgebreitet und gefickt hatte. Oh ja, gefickt. Das war ein echter Fick gewesen, für den man sich nicht entschuldigen musste, und er war so gut gewesen, dass meine Augen bei der bloßen Erinnerung mit unvergossenen Tränen brannten. Mein Handy leuchtete. Ich drehte es um, damit ich es nicht ansehen müsste. Ich wusste, dass keiner dieser Anrufe von ihr sein würde.

 Brynne würde mich nicht anrufen. In diesem Punkt war ich mir sicher. Die einzige Frage, die sich stellte, war, wie lange es dauern würde, bis ich *sie* anrief.

Es war jetzt mitten in der Nacht. Draußen war es dunkel. Wo war sie? Hatte ich ihr sehr wehgetan, ihr das Herz gebrochen? Weinte sie? Wurde sie gerade von Freunden getröstet? Hasste sie mich? Wahrscheinlich traf alles davon zu, und ich konnte nicht zu ihr gehen und es wieder gutmachen. *Sie will dich nicht.*

So fühlte sich das also an, wenn man verliebt war. Es war an der Zeit, dass ich mich in Bezug auf Brynne, und was ich ihr angetan hatte, ein paar Wahrheiten stellte. Also blieb ich in meinem Büro und stellte mich den Tatsachen. Ich konnte nicht nach Hause gehen. In meiner Wohnung befand sich bereits zu viel von ihr, und ihre Sachen sehen zu müssen, würde mich vollkommen aus der Bahn werfen. Ich würde heute Nacht hier bleiben und auf den Laken schlafen, die nicht ihren Duft trugen. In denen sie nicht gelegen hatte. Panik ergriff von mir Besitz und mir war klar, dass ich etwas unternehmen müsste.

Mit Schwierigkeiten erhob ich mich vom Stuhl und richtete mich auf. Zu meinen Füßen fiel mir etwas Pinkfarbenes ins Auge und ich wusste sofort, um was es sich handelte. Das Spitzenhöschen, das ich ihr beim Sex auf dem Schreibtisch ausgezogen hatte.

Scheiße! Als ich daran dachte, wo ich gewesen war, als die Nachricht von ihrem Vater abgespielt wurde. In ihr vergraben. Es war unerträglich, etwas anzufassen, das noch vor kurzem ihre Haut berührt hatte. Ich ließ den Stoff durch meine Finger gleiten und schob das Höschen dann in meine Jacketttasche. Die Dusche rief meinen Namen.

Ich ging durch die andere Tür, die zu einer Suite mit einem Bett, einem Badezimmer, einem Fernseher und einer kleinen Küche führte – die Qualität war sichtbar. Das perfekte Apartment für einen ledigen Geschäftsmann, der bis spät in die Nacht arbeitete und keinen Sinn darin sah, nach getaner Arbeit noch nach Hause zu fahren.

Man könnte es auch Fick-Apartment nennen. Schließlich brachte ich Frauen her, die ich ficken wollte. Natürlich nach dem Feierabend und nie blieb eine die gesamte Nacht. Ich sorgte dafür, dass ich meine „Dates" lange vor dem Sonnenaufgang wieder loswurde. Aber das gehörte der Vergangenheit an, zu meiner Zeit, bevor ich Brynne begegnet war. Niemals hatte ich sie an diesen Ort bringen wollen. Von Beginn an war sie anders gewesen. Besonders. *Mein wunderschönes, amerikanisches Mädchen.*

Brynne wusste nicht einmal etwas von dieser Suite.

Sie hätte sofort erkannt, was es war und mich dafür gehasst, sie hierher gebracht zu haben. Ich rieb mir über die Brust und versuchte, den Schmerz wegzuwischen, der mich innerlich verbrannte. Ich machte die Dusche an und zog mich aus.

Als das heiße Wasser gegen meinen Körper prallte, lehnte ich mich gegen die Fliesen und stellte mich der aktuellen Situation. *Du bist nicht bei ihr! Du hast alles versaut, und sie will dich nicht mehr.*

Meine Brynne hatte mich ein zweites Mal verlassen. Das erste Mal geschah dies unter dem Schleier der Nacht, weil sie in ihren Träumen terrorisiert wurde. Dieses Mal hatte sie sich einfach abgewandt und war davongerannt. Ich hatte es in ihrem Gesicht sehen können, und es war nicht die Angst, die sie zur Flucht getrieben hatte. Der Verrat hatte sie vollkommen niedergeschmettert; denn sie hatte herausfinden müssen, dass ich die Wahrheit vor ihr verborgen hatte. Ich hatte ihr Vertrauen missbraucht. Ich hatte zu viel riskiert und alles verloren.

Ich hatte den überwältigenden Drang verspürt, sie zurückzuholen und zu zwingen, bei mir zu bleiben. Aus lauter Frustration hatte ich meine Hand zu einer Faust geballt und damit gegen die Wand geschlagen. Und in dem Versuch, nicht meine Hand nach ihr auszustrecken, hatte ich mir wahrscheinlich auch noch etwas gebrochen. Sie hatte mir zu verstehen gegeben, dass ich sie nie wieder kontaktieren sollte.

Ich machte die Dusche aus und trat aus der Kabine. Das tropfende Wasser, das sich bereits einen Weg in den Abfluss bahnte, spiegelte die Leere in meinem Herzen wieder. Mit jedem hallenden Laut zog sich die Faust noch fester um mein Herz zusammen. Ich zerrte ein Handtuch herunter und trocknete damit meine Haare. Ich starrte mein Spiegelbild an. Nackt, nass und armselig. Allein. Ich erkannte eine weitere Wahrheit, als ich den Bastard im Spiegel betrachtete.

Nie wieder war eine sehr lange Zeit. Es wäre mir vielleicht möglich, ihr ein oder zwei Tage zu geben, aber *nie wieder* stellte keine Option dar.

Die Tatsache, dass sie noch immer vor einer Bedrohung beschützt werden musste, die sich als gefährlich herausstellen könnte, hatte sich schließlich nicht in Luft aufgelöst. Ich könnte es einfach nicht zulassen, dass der Frau, die ich liebte, etwas passierte. *Nie*mals.

Ich lächelte mein Spiegelbild an; denn sogar in diesem bemitleidenswerten Zustand amüsierte mich mein Scharfsinn, da ich gerade die perfekte Verwendung für das Wort *nie* gefunden hatte.

BÜCHER VON RAINE MILLER

DARIUS - Unbändiges Verlangen

CHERRY GIRL, Das Mädchen mit dem kirschroten Haar

PRICELESS - Ich habe dich gefunden

VERDAMMT REICH - Die Blackstone Dynastie

DIE AFFÄRE BLACKSTONE

NACKT - Band 1

ALLES ODER NICHTS - Band 2

ICH SEHE DICH - Band 3

BRYNNES LIEBE - Band 4

www.ingramcontent.com/pod-product-compliance
Lightning Source LLC
Chambersburg PA
CBHW061201170626
46809CB00003B/1191